琼 瑶

作 品 大 全 集

问斜阳

琼瑶 著

作家出版社

琼瑶，本名陈喆，作家、编剧、作词人、影视制作人。原籍湖南衡阳，1938年生于四川成都，1949年随父母由大陆赴台生活。16岁时以笔名心如发表小说《云影》，25岁时出版首部长篇小说《窗外》。多年来笔耕不辍，代表作包括《烟雨蒙蒙》《几度夕阳红》《彩云飞》《海鸥飞处》《心有千千结》《一帘幽梦》《在水一方》《我是一片云》《庭院深深》等。

多部作品先后改编成为电影及电视剧，琼瑶也因此步入影视产业。《六个梦》系列、《梅花三弄》系列、《还珠格格》系列等，影响至深，成为几代读者与观众共同的记忆。

琼瑶以流畅优美的文笔，编织了众多曲折动人的故事。其作品以对于梦的憧憬和爱的执着，与大众流行文化紧密结合，风靡半个多世纪，成为华文世界中极重要的文学经典。

我为爱而生，我为爱而写

文字里度过多少春夏秋冬

文字里留下多少青春浪漫

人世间虽然没有天长地久

故事里火花燃烧爱也依旧

琼瑶

第一章

晚上，在纪家，总是很热闹的。

一屋子的客人，一屋子的笑语，把纪家的客厅填得满满的。何况，除客人以外，还有纪访槐和纪访萍兄妹两个抖落的欢愉，散播在全客厅的每个角落中，把那初秋刚刚带来的几丝萧瑟感，全都赶出了室外。

纪家是欢乐的。但是，纪访竹却不属于那间笑语喧哗的客厅。她独自坐在自己的卧室中，蜷缩在一张圆形的藤椅里。一盏落地的弧形吊灯，伸在她的头顶，一圈柔柔的光线，把她整个笼罩住。她坐在那儿，怀里摊着一本书。她用手托着下巴，呆呆地，静静地，深深地出着神。渐渐地，她的眼眶湿润，有两抹雾气在眼中凝聚，终于变成两滴泪珠，沿着她的面颊，滚落在书页上，滚落在裙褶里。

纪家人人在欢笑，纪访竹独自在流泪。访竹听不到外面的笑声，虽然客厅距离她的卧室也不过是几步之遥。这种新建的大厦，每个单元都是三房两厅或四房两厅，厅与房之间，就都只有个小走道而已。隔着门绝对挡不住七八个人的欢笑。但是，访竹就是听不到那些笑声，因为她正深陷在另一个世界里。

她那么安静，那么专心，那么出神，以至于房门突然被冲开的时候，她都几乎没有被惊动，只是抬起那对泪汪汪的眼睛微带困惑地看着房门。

访萍正带着满脸的兴奋和欢笑冲进门来，一眼看到泪眼婆娑的访竹，笑容僵在她的唇边。她张开嘴，瞪大眼睛惊诧地嚷："怎么了？访竹？"访竹用手背拭去颌下的泪珠，对访萍微微地摇了摇头，大眼睛明亮地睁着，泪珠洗亮了那对黑白分明的眸子。她有种天真的、无辜的神情，很悲哀的无辜，很沉静的无辜，好像访萍问了一个傻问题。"老天爷！"访萍喊，走进室内，从桌上拿了一张化妆纸，递给访竹，"你又发生什么事了？全家在客厅玩得开开心心，你居然一个人躲在房里哭。是谁欺侮你啦？还是你生病啦？"访竹摇头，用化妆纸拭干了眼睛。

"是……是安瑙。"她轻声说。

"什么？"访萍完全没听清楚，"樟脑丸吗？樟脑怎么了？樟脑粉弄到你眼睛里去了吗？"

"唉！"访竹大大一叹，那份天真的无辜就更诚挚了，使她的脸庞生动而纯洁。眉目间是一片动人的温柔。"我说的是哈安瑙。"她解释着，"哈安瑙是一个人名。"

"哦！"访萍恍然的，眼睛睁得更大了，"哈安瑙！是内蒙古人吗？我认识一个内蒙古人姓哈。好了，访竹。他怎么欺侮你了？"

"唉！"访竹又是一声轻轻低叹，"哈安瑙不是内蒙古人，她是英国人！""英国人？"访萍的眉毛挑得好高好高，眼睛也睁得更大更大，"我的好姐姐，你说清楚一点行不行？这个英国人怎么会跑到中国来，弄得你眼泪汪汪的关着房门。你告诉我，我找哈安瑙算账去！""你找不到她，她是十七世纪的人！"

"啊呀！"访萍嚷着，跌坐在一把椅子中，呻吟似的说，"十七世纪的英国人，让我的姐姐哭肿了眼睛，哼哼，这笔账怎么算？我是越搅越糊涂了！"

"她真可怜极了，太可怜了，但是，她又那么勇敢，那么固执，那么坚强。"访竹看着访萍，一本正经地，热烈地，真挚地说，"她十九岁遇到理察，一见钟情。他们订了婚，可是，在结婚前，哈安瑙骑马摔成了残废，从此，她再也不肯见理察……"访萍越听越惊奇，越听越迷糊。忽然间，她有些明白了，跳了起来，冲到访竹身边，把访竹怀中那本沾着泪水的书"啪"地合拢，看看封面，是徐钟珮翻译的一本小说《哈安瑙小姐》！她这才真正恍然大悟！搞了半天，原来这个呆子姐姐是在为小说中的人物掉眼泪，居然还哭得那么伤心！她又好气又好笑，真不懂，访竹怎么会和她是姐妹。她是永远嘻嘻哈哈的乐天派，访竹却那么善感又那么细腻。有时，访萍会认为自己是访竹的姐姐，而不是妹妹，事实上她们也只差一岁。但，访竹却"女性"得细嫩，嫩得让人想保护她。

"好了！好了！"访萍一迭连声地打断了访竹的叙述，"把你的小说收起来吧！跟我到客厅里去！你如果一天到晚为什么十七世纪的英国老太婆掉眼泪……"

"她不是老太婆，"访竹耐心地解释，"她认识理察的时候才十九岁！和你现在一样大。"

"但是，她现在已经三百多岁了！"访萍大声说，"哎呀！访竹！你不要发傻好不好？起来起来！把眼睛擦一擦，快到客厅里来！你猜，外面有谁来了？"

"我知道。"访竹说，"是何亚沛！"

"当然是何亚沛！"访萍不耐烦地跺跺脚。亚沛几乎每晚来报到，似乎从小就在追求这姐妹二人了，还用得着访竹来猜？"告诉你，亚沛带来了他的朋友，那个顾飞帆！"

"顾飞帆？"访竹困惑地皱皱眉，"他是干什么的？我该知道他吗？""哎呀！"访萍拉起了访竹，"就是那个在印度打老虎的人！你怎么忘了？那个传奇人物！亚沛一天到晚说他，他刚从印度回来！你快出来，听他说打老虎的经过！"

"他真的打过老虎？"访竹不相信地问。

"出来！出来！你听他自己说，才有趣呢！他差点儿被老虎咬掉一条腿呢！来，跟我来！"

访萍抓住了访竹的手，把她怀里那本小说抢下来，丢在床上，不由分说地就把访竹拖出了房门，一直拖到客厅里去。

"爸，妈！"访萍一边拉着姐姐，一边扬着声音喊，"我总算把咱们家的大小姐给请出来了！她正在为英国一个三百多岁的老太婆哭呢！喂，顾飞帆，你再说一次打那只老虎的事，我姐姐没听到！""访萍！"纪醉山回头望着那相偕而出的姐妹二人，心里涌起一股强烈的幸福和骄傲感，有这样一对女儿是值得欣慰的。访竹妩媚轻柔、古典纤雅，飘然如白云出岫。访萍活泼明朗、现代热情，潇洒如玉树临风。这对女儿是他掌中珍宝，许多时候，他觉得自己爱两个女儿更胜过爱那独生儿子访槐。当然，访槐是很好的、优秀的、能干的，却没有这对女儿那种对比的美感和贴心的亲切。他不知道妻子明霞是不是和他有相同的感觉，母亲应该比父亲更和女儿亲近。但是，明霞是个极端理智的女人，她总是很小心地保持着公正，对儿女都"一视同仁"。一视同仁？纪醉山知道自己是做不到的，手指头伸出来也各有长短，三个孩子中，他最宠爱访竹，却最欣赏访萍。现在，他瞪着那口无遮拦、大大咧咧的访萍，微笑就不由自主地涌上唇边。

"你怎么和人家第一次见面，就连名带姓地乱喊？飞帆比你总大了十来岁，你该喊一声顾大哥才对。"

"啊呀！爸爸！"访萍嚷着，"什么大哥小弟的最肉麻了，咱们家，连姐妹都叫名字呢……"

"这就是你不对！"纪醉山笑着说，"从小，要你叫哥哥姐姐你就不肯叫，跟着我们喊名字……"

"她小时候，"明霞忍不住接话，"连叫爸爸都只肯叫'喂喂'，因为听我总喊醉山'喂喂'！以为人人都该叫他'喂喂'！""这还没关系。"访槐也插了进来，他高大、挺拔、眉目清秀，却是全家唯一一个近视眼。他比两个妹妹大了五六岁，这是推行"家庭计划"的结果。"她到了小学一年级，还不肯叫我哥哥，一直跟着亚沛那些小混混喊我四眼田鸡……""嗯哼！"亚沛咳了一声，瞅着访槐，"我怎么成了小混混了？""别装蒜！"访槐笑着嚷，"那时，咱们都是小混混，书不好好念，逃课去偷农人的鸡……"

"哇！"亚沛大叫，兴奋得脸发红，手舞足蹈，"那才是我们的黄金时代，你记得我们吃叫花鸡的事？那农夫闻到香味赶来，我们还请他吃鸡腿，他吃得津津有味，直夸我们手艺好，后来才弄清楚那是他家最肥的大母鸡，气得拿着鸡腿暴跳如雷……""拜托拜托！"访萍打断了亚沛的叙述，清脆地喊，"你们那些偷鸡摸狗的往事我早听够了！别说了，让顾飞帆讲他抓老虎……哎呀，人家抓老虎，咱们家的哥哥还谈他偷大母鸡的事！"全屋子一阵哄笑，连访槐和亚沛也忍不住笑起来。确实，这是个不太好的故事，尤其家里有那么一位"传奇"人物。这年代，几个人捉过老虎？偏偏面前就有这么一个！捉老虎？顾飞帆的故事又岂止捉老虎而已？

"说吧！顾飞帆！"访萍怂恿着，把访竹直拉到一位陌生人面前，"顾飞帆，你还没见过，这是我姐姐纪访竹，她只比我大一岁，很多人都以为她是我妹妹呢！"

访竹终于被动地站在顾飞帆面前了。她对"捉老虎"一点兴趣也没有，对这位"顾传奇"也一点兴趣没有。但是，当她站在那儿，平视着顾飞帆时，她心底那一平如镜的湖面居然轻轻地、缓缓地跳动了一下，就像有一粒小沙子落进去似的，引起了阵小小的微澜。这个人，顾飞帆，也就是亚沛嘴中的"顾非凡"了！他并不是漂亮英俊的男人，猛一看，有些像南美洲的混血，因为他的眼睛比一般中国人凹，眼神有些凌厉，而且是深不可测的，使人联想起奥玛雪瑞夫的眼睛。访竹是电影迷，生平最欣赏的两个男性的眼神，一个是奥玛雪瑞夫，一个是彼德奥图。前者深湛如黑夜，后者澄蓝如天空，而且都有某种摄人心魂的力量。中国人是所有人种中最难描写的，永远是黑头发黑眼睛黄皮肤。访竹常想，如果她是作家，她绝对会技穷于对人物的描写，她不能写郝思嘉眼珠的绿，不能写哈安瑙眼珠的蓝，不能写金发、红发、褐发，甚至银发。不过，顾飞帆虽然眼神深幽，却是百分之百的中国人。他不漂亮，五官拆开来看，眉毛嫌太浓，鼻子略大，眼睛略凹，嘴唇……嘴唇是勉强通过的，不算大也不算小，那下巴就嫌方了点……对了！访竹对这张脸有了结论，这是张有棱角的脸，有个性的脸，极端"男性"的脸！这些五官并在一起，再加上他特别浓密粗糙的头发，和下巴上那胡子刮过后的阴影，以及那男人少有的黑睫毛和那被太阳晒成红褐色的皮肤，使他就有那么种"与众不同"的味道。

和他比起来，访槐太书卷味了，亚沛就太孩子气了。在她面前的顾飞帆，是个成熟的，甚至是倔强而带点霸道的男人！这种男人……唉！她心中不知道为什么叹了口气。这种男人是具有吸引力的。尽管他不英俊，他不唇红齿白，他却是有吸引力的！当访竹在打量顾飞帆的时候，后者也同样在打量访竹。他手中握着一杯茶，没有喝，只是转动着茶杯，免得两只手闲着没事干。他今晚并不想到纪家来的，在他的节目表和意识思想中，从没有"纪家"这个家庭，只是拗不过亚沛的要求："去帮我做个决定，我是该追姐姐，还是该追妹妹。"现在的男孩子真奇怪，居然弄不清楚自己喜欢的是谁，还要征求第三者的意见！而他，有那么多"失败"——或者，该算"成功"的爱情历史，竟成为亚沛心目中的英雄！唉！人生是个有许多切面的玻璃球，每一面有每一面的光泽，从不同的角度去看，就有不同的颜色。今晚，他已经看过访萍，接触过访萍，那圆圆的面庞，闪耀着光彩的眼睛，浑身散发的青春气息，灵活的眼珠，顾盼神飞的韵味和那亭匀的身材，略带鲁莽却十分可爱的谈吐……他已经代亚沛做了决定，追妹妹！这个妹妹是个不折不扣的可人儿，虽然她并不顶美丽。"美丽"两个字是很复杂的，审美观念因人而异。他相信很多人都会认为访萍"美丽"，他也不否认，访萍的确没什么可挑剔的。仅仅是那热诚坦率的个性，已足以让人喜爱，何况，她又有张姣好的脸庞。对亚沛来说，不可能找到更好的人选了。可是，现在，他看着访竹。

从没有一个女孩，用这样一种坦荡荡而又静幽幽的目光来凝视他。她在打量他，她在研究他，她在评价他！他忽然觉得，自己成了印度那关在笼中的老虎，正等待顾客的待价而沽！事实上，这种感觉是荒谬的，是不应该存在的。因为，访竹那微润的眼睛中，丝毫都没有不敬或让人不安的地方。她看得坦然，看得细腻，看得温柔。他心底有根细线蓦然一抽，忽然想起久远以前，另一个女孩的目光——

微珊。他本能地挺了挺下巴，不想微珊，永远不能再想微珊！于是，他也定睛凝视起访竹来。这一凝视，他心中就响起一声绵邈悠长的叹息。唉！纪醉山何许人也？竟集天下之灵秀并有之。如果说访萍是"秀"，访竹就该是"灵"了。

访竹并不比妹妹漂亮，他想着。严格说，她不是美人，身材太苗条，不够丰满。眼睛太大，使其他的五官显得娇小。她不像妹妹那样匀称。但是，但是……但是她那白皙的皮肤，那安静的举止，那微闪着泪光的凝视……怎么？她会让人心痛。天知道，顾飞帆有一万年、一亿年没有这种近乎"心痛"的感觉了。在这种感觉下，他对自己有点儿恼怒，就像刚刚觉得自己是笼中的野兽一样，有种反抗的情绪。不，她没有妹妹漂亮，一定没有！"喂喂！"访萍打断了这段极短暂的安静，一把拉住访竹，把姐姐拖到自己身边，在顾飞帆对面的一张沙发中坐下来，用双手托着下巴颏，含笑地望着顾飞帆。

"说呀！"她喊。"说什么？"顾飞帆似乎吃了一惊，睁大眼睛望着这姐妹二人，又下意识地比较起她们两人来。

"打老虎啊！""你听不腻吗？"顾飞帆问，注视着访萍，"我都说腻了。每次遇到朋友，就要问我打老虎的经过，我今晚说过一次，不想再说第二次了。""可是，访竹没听到啊！"访萍不高兴地翘起嘴唇。"你说，你那些猎狗怎么样？"她想诱敌深入，"你有几只猎狗？五只？八只？十三只？""六只。"顾飞帆中计了，"六只大型猎犬，它们凶猛无比，有次，活活咬死一条大蟒蛇，那蛇事后磅了磅，有八十三磅。那六只猎犬什么动物都敢斗，包括人。"他停了下来，沉思着，用手握着茶杯，望着杯子里漂浮的叶片，闻着那茶叶淡淡的清香。印度的丛林在这一刹那离他很遥远，丛林、蛮荒、蚊虫、猎犬、饥饿而贫穷的印度人、蟒蛇、老虎……太遥远了。他抬起头来，接触到访竹那专注而宁静的眼神，眼神里有着什么东西，他一时看不出来，他有些恍惚，有些迷惑。

"后来呢？后来呢？"访萍追问着，"那六只猎犬怎么样了？"

"访萍！"明霞在给顾飞帆解围了，她是个懂得待客之道的女主人，"你不要一个劲儿缠着人家说不想再说的故事，反正，是六只猎犬遇到了老虎，吓得浑身骨头都酥了，伏在地上站不起来，飞帆就开枪把老虎打死了，就这么一回事。"

"哎呀，妈妈呀！"访萍跺脚叹气，"人家好精彩的一个故事，被您三言两语、平平淡淡地就讲掉了！早知道您要抢着讲，我讲起来也比您讲的好听！唉唉！气死我了！唉唉！真煞风景，唉唉！"她那一脸的遗憾，一脸的懊恼，一脸的沮丧，弄得全家又都笑了起来。

亚沛一边笑一边说："幸亏不是你来说，如果由你讲，这打老虎的故事一定被添油加醋得神乎其神！""对极了！"访槐一个劲儿点头，"访萍最会夸张，她说她们班上那个绰号'小凤仙'的同学美得可以当电影明星，什么林青霞、林凤娇都赶不上，害我花了两千块请她们吃牛排。说了一车子好话请她牵红线。结果，什么小凤仙！脖子长得像长颈鹿，眼睛像金鱼，手指像鸡爪……"

"你们听！你们听！"访萍气呼呼地叫，"爸，妈，你们主持公道，咱们家谁最会夸张？小凤仙本来就很漂亮，很现代，人家还当过服装模特儿呢！只是瘦一点儿而已，现在流行瘦呀！被哥哥一说，好像是个混血野兽！要不然就是石器时代的大爬虫！"全屋子大笑特笑起来。访竹也笑，却笑得静静的，文文的，雅雅的。她的目光仍然坦荡荡地停留在顾飞帆脸上、身上，眼底仍然有某种东西，某种类似关怀与疑问的东西。顾飞帆觉得既然很难逃开这对目光不如干脆去正视它。他的视线和她的接触了。她微笑了一下，那笑容浮现的一瞬间，顾飞帆竟然轻微地被震撼了。他想起久雨的丛林，到处是泥泞，到处是湿漉漉的树枝藤蔓，到处是吸血的蚂蟥，到处是阴森森的暗影……然后，有一天，树隙中忽然闪现了一线那么温暖、那么闪亮、那么惊心动魄的阳光……

"你在印度做什么？"访竹终于开了口，盯着他。

他微微一惊。怎么了，今天自己如此容易被震动？他发现，这还是她第一次说话。"在印度？"他无意识地重复，只是拖延一点时间去想答案。他想给她一个很冠冕堂皇的理由，例如，他是人类学家、昆虫学家，甚至是热带丛林研究家……但是，他什么"家"都不配！而在这对润润的黑眸子，这对亮亮的目光下，他无法说谎。"我在印度的丛林里住过一年，"他直视她，坦率地说，"什么都不做，只是游荡。"

"哦。"她怔了怔，"你去逃避什么吗？"

"噢！"他也怔了怔，"不，不是逃避。而是找寻一些什么。"

她深深看他。"你找到没有？"她问。

"没有。"

访萍大感兴趣，她插了进来："你去找什么？哇！很精彩的样子，你让我想起《基度山恩仇记》，你有没有一张藏宝图？听说印度有些怪怪的宗教，还有什么蛊毒之类的事情，你有没有碰到过？"

"没有。"顾飞帆转头望着访萍，微笑起来，"我让你失望了，实在没有什么神秘，没有藏宝图，没有故事……除了打了一只老虎以外。""我以为……"访竹轻声说，"印度在禁猎，听说，老虎都快绝种了。""不错，政府是在禁猎。我到印度不是去打猎的，带猎狗只是为了防身，丛林里什么动物都可能有。那只老虎只是一个意外，它窜了出来，我只好打死它。"

"它先咬死了你的两只狗，又来咬你的脚……"访萍开始补充，仿佛她亲眼目睹，"你拔枪，它比你更快……"

顾飞帆笑了，转头看纪醉山夫妇。

"你们家的人都很有想象力。"他说。"她们生活面狭窄，只剩下想象力。"纪醉山笑着答，"不像你生活面太丰富，所以，都是实行力。"

顾飞帆深思地看了纪醉山一眼，笑容从他唇边慢慢地，不落痕迹地隐去。"顾飞帆！"访萍喊，"你说你去印度是找东西，你去找什么？"她打破砂锅问到底的本性又发作了。

顾飞帆低头看看茶杯，他把杯子慢慢放在茶几上，抬起头来。他看着那并排而坐的姐妹两个，清楚而缓慢地说："我去找我自己。"访萍愣了两秒钟："找你自己？你把自己弄丢了？丢到印度去了？"

"唔。"他轻哼了一声，目光深邃地越过了她们，"你们太年轻了，年轻得不会弄丢自己。我不同，我和你们不在同一个世界里，你们可以把我看成外星人。最近，有关外星人的传说很流行，外星人很容易失去自己。我……并不一定要去印度……""你只是要去一个陌生而孤独的地方。"访竹不由自主地接话，"而且，最好是个危险的地方，有挑战性的地方，面对艰难困苦的地方……这样，你才能证实自己活着，活着和——成就感。"他迅速调转目光来盯着她，不信任、怀疑、困惑、迷惘和——震动。他很快地问：

"你听说过我的故事？""打老虎吗？""当然不是打老虎。""不。"她坦白地摇摇头，"我对你一无所知。"

他对她紧盯了好一会儿，然后，他有些僵硬地站起身来，看看亚沛，又看看纪醉山夫妇。

"我想先告辞了，今晚还要办些事，谢谢你们的招待，这是个很值得的拜访。""你急什么？"亚沛嚷着，"有谁在等你吗？"

顾飞帆看着亚沛，又微笑起来。

"可能。"他说，调侃地、半开玩笑半认真地，"你知道我不会让自己寂寞，否则，我又会跑到印度去了。"

"下一次，当你再失去自己的时候，你不必去印度，我介绍你去一个地方。"访竹说，自己也不明白热心个什么劲，"你去斜阳谷。""斜阳谷？"顾飞帆呆了呆，"没听说过，它在什么地方？台湾的名胜吗？""不，它只是一家咖啡厅。在南京东路。"

"咖啡厅？斜阳谷？那里面有什么特别？"他困惑地问。望着访竹那对盈盈带笑的眸子。

"没什么特别。但是，你可以去打蜜蜂，打鸭子，打火鸟，打飞碟，甚至打鬼魂。一直打到你有成就感为止。"

他摇头："你把我弄糊涂了。""去了，你就懂了。"她说。

"好，有一天我会去。"

他走了。全家把他送到门口，目送他消失在电梯里，大家折回到客厅，立即，就都纷纷讨论起这个"打老虎"的怪人来。访萍议论最多，对他的"到印度找自己"颇不以为然，认为是"造作的哲学"思想作祟。访竹一向比较沉默，对这人不加置评。明霞比较实事求是，她好奇地问亚沛："你怎么会认识这个人？"

"他是我大哥的朋友。"

"他很有钱吗？去印度也不简单呢！"明霞说。

"他有一笔遗产，他们家做纺织加工出口。"

"他住在台湾？""他全世界乱跑，在台湾的时间很少。不过，他是台大毕业的，国贸系。""他多少岁了？""妈，"访萍不耐烦地问，"您在对他做家庭调查吗？管那么多干吗？""好奇而已。"明霞笑了，继续望着亚沛，"他结过婚了吗？"亚沛大笑。"什么事这么好笑？"访萍问，瞪大眼睛。

"他结过婚。"亚沛笑着说，"他是女人的毁星，正式结过婚的，有三个。""什么？"明霞惊讶得眼珠都凸出来了。"他有三个太太？这不是违法吗？""不是同时有三个太太，"亚沛耐心解释，"他结过三次婚，离过三次婚，现在，他一个太太也没有。第三次离婚之后，他就去了印度。""噢，"明霞呆望着顾飞帆坐过的位子，"这种人，去了印度，居然打死一只老虎，而没被老虎吃掉，也实在是奇怪。"醉山掉头望着妻子，微笑起来。

"女人的道德观。"他说，"因为他离过三次婚，你已经判决他是个坏蛋！""他当然不会是个好东西！"明霞直接地反问，"你一生认识的人里，有离过三次婚的吗？"

"还没有。"醉山坦白地说，"也没有打过老虎的。"

"所以，"亚沛点头说，"我才说他是传奇人物！"

访竹悄悄地退回了自己的卧室。她对这传奇人物不想再多谈，也不想再多了解。一个陌生人，一个朋友的朋友，一个偶然的拜访，一个到印度找寻自己的人，一个结过三次婚，离过三次婚的人……怎么会有人结三次婚，离三次婚？怪事！还有些什么？这种男人必定会有无数的故事……不，她摇摇头。这确实是个外星人，和她的世界隔了十万八千里的外星人，连他的故事都是属于另一个世界的，她不会感兴趣的故事。她喜欢痴情的人物——像哈安瑙。

她拾起床上的《哈安瑙小姐》，蜷回到她的藤沙发里，很快就把自己交还给了哈安瑙。

顾飞帆仰躺在床上，双手枕住头，眼睛定定地看着那嵌着暗灯和彩色玻璃的屋顶。

这是他的"家"。从印度流浪回来后，冠群就力劝他在台北安定下来，冠群是亚沛的大哥。如果说，在台湾还有人真正了解一些他的过去，还能和他谈谈、和他共饮西窗下的，就只有冠群夫妇了。主要，冠群娶了微珊的闺中知己——白晓芙。有一阵，在那些沉落的、失去的年代里，他、何冠群、邓微珊、白晓芙四个，曾经多么幸福地把欢笑到处播撒。微珊和晓芙，不是姐妹，只是同学，但却有些像访竹和访萍姐妹两个。怎么？自从一个月前拜访过纪家，那个家庭就在他脑子里印下了如此深刻的印象，他几乎无法忘记那两个女孩：一个幽柔如涓涓溪水，一个明媚如朗朗秋月。但愿幸福属于她们！年轻的、青春的孩子们，她们都该有灿烂而温馨的未来。孩子？在他眼中，她们真的只是孩子，而他，却已苍老麻木得像老人，虽然，他也才只有三十二岁。几个三十二岁的男人，会经过那么多事故？不，他已经活了别人的好几辈子了。不行，不应该再去想纪家了。应该振作起来，面对一下自己的未来！也是冠群一再叮嘱的。

"把你的精神放到事业上去，你的工厂和办公厅都需要整顿，如果你继续流浪，台湾这份产业迟早会被别的公司吞并！"

这是实话，台湾这些年来进步很快，工业发展到惊人的地步。他听了冠群的话，确实下了一些功夫和时间在工厂上。但，工厂的事对他不是挑战，两个月时间，他已经让一切就绪，让外销订单增加了一倍。够了，他并不想成为商业巨子，太多的金钱对他并没有意义。很多年前，他就悟出一个道理："赚钱的快乐在于能买到用钱的快乐。"而现在，他的问题是，他居然没有用钱的快乐！他凝视着天花板，有花玻璃的暗灯，像一屋顶的彩霞。房子是冠群帮他买的，晓芙帮他设计的。他们夫妇配合得很好，丈夫经营建筑，太太做室内设计。房子在"云峰大厦"十一楼，居高临下，可看到台北的车水马龙。但是……他环顾室内，多空旷的卧室啊！除了晓芙设计好的橱柜床椅之外，他没有在房里增加任何东西！墙上没有字画，桌上没有摆饰，架子上没有音响……这栋屋子，简直没有"人味"！

第二章

就是这样,这屋子没人味!将近八十平方米的面积,徒有三间卧室、一间书房和一个大客厅,却只有顾飞帆一个人!不,他自嘲地微笑,他连"一个人"都算不上,他只能算半个人,另外半个,他还没找回来。他又想起访萍那天真而孩子气的问话:"找你自己?你把自己弄丢了?丢到印度去了?"

丢到哪儿去了?他眯起眼睛,感到胸口压着一样沉甸甸的东西,那东西厚、重、阴冷……他对这东西很熟悉,自从离开微珊,他就对这东西熟悉起来,它无所不在,像影子似的追着他,追到美国,追到印度,追回中国,追他一直追到海角天涯,它的名字叫"寂寞"。

他叹了口气,下意识看看手表,晚上八点钟。

八点!正是台北灯火辉煌,家家欢聚的时刻。他这个"打老虎的英雄"却像僵尸一样躺在床上，陪伴他的，是那个最忠于他，永不会和他离婚的妻子："寂寞"。

他又微笑了，自嘲的微笑。想起亚沛，亚沛崇拜他，认为他是"情圣"。"人家追一个都追不到，他可以连娶三个，好像天下女人由他挑似的！"

他很感激冠群夫妇，他们从不把他那些历史拿出来渲染，即使对自己的家人兄弟，他们也三缄其口，这使他免掉许多尴尬。因为，他最怕别人问他"结婚没有"。亚沛对他的事一知半解，这一知半解造成的结果竟是崇拜，这也是件滑稽事。人生，想穿了，滑稽的事实在太多！

他沉思着，不想动，不想说话。晚上八点钟，台北华灯初上，歌舞喧哗……他却拥抱着"寂寞"，躺在一张精致而豪华的双人床上。门铃蓦然响了，清脆的"叮咚"声敲碎了一屋子的沉寂，他被这突然的铃声吓了一跳。这才想起，早上，大厦管理员就通知过要来收公共管理费，因为他白天不在，"家"里总是空无一人，他们很难收钱。他跳下床来，伸了个懒腰。信不信由你，"寂寞"也会让人疲倦！他真有倦怠感，累了！累了！这个"累"字，是难以解释的。

他走出卧室，穿过客厅，到玄关去打开了大门。

出乎意料的是，门外并不是管理员，却是容光焕发、精神抖擞的冠群夫妇！"哈！是你们！"他有些惊奇地说，"怎么不先打电话？"

"怎么？屋里有人吗？"晓芙伸头对里面望望，悄声问，笑意弥漫在眼底眉梢。顾飞帆不能不赞叹，当了两个孩子的母亲，晓芙仍然像当年一样，维持着那份天真和促狭的个性，也维持着当年的美丽。而且，增加了一份成熟的韵味，就更加"有女人味"了。"我们出来散步，走呀走地就走到你这儿来了，根本没想到单身汉的晚上可能另有节目，这样，咱们就告退了！"晓芙不由分说地，拉着冠群的手腕就往外走，好像他屋中真的藏了"娇"。

"少胡闹了。"顾飞帆笑着说，伸手把冠群和晓芙拉进屋子里来，"家里除了我就是我，我正闷得无聊，你们能来，太好了！"冠群走进客厅，四面张望。

"啊！"他怪叫着，"你屋里怎么还是这样空荡荡的？住了两个月，好歹要添点东西呀！怎么连盏台灯都舍不得买？沙发上连个靠垫都没有！还好晓芙给你装潢的时候，买了沙发地毯，否则，你是不是预备席地而坐？"

"可能。"顾飞帆回答。

"这个人已经不属于城市了。"晓芙对他大大摇头，"他该待在印度那个蛮荒丛林里不要回来！早知道你对住这么不讲究，真枉费我帮你设计一番！""抱歉抱歉！"顾飞帆笑着对晓芙点头，"其实，你心里有数，你明知道我很欣赏你的设计。对好的设计，添东西反而是种破坏……""别说恭维话!"晓芙打断他,"我认得的顾飞帆从不虚伪!"顾飞帆看了她两秒钟。

"你认得的顾飞帆说不定早就死了!"他冲口而出。

晓芙微微一怔,笑容顿消。室内本就空荡,这句话一出口,立刻,就在空荡之余,更增添了几许感伤。冠群敏感地咳了一声,走到沙发边一屁股坐下来,大声说:

"飞帆,给我一杯茶好吗?我们刚刚出去吃小馆,那粉蒸肉又咸又辣,现在只想喝水。"

"哦!茶!"顾飞帆回过神来,转身往厨房走,"好,你们坐着,等我去烧开水。""什么?你连开水都没有?"晓芙吸了口气,走过去拦住他,"我看,我去烧吧。不过——"她顿了顿,注视顾飞帆,"你家里有茶叶吗?""哦!"飞帆醒悟过来,"没有。"

"你平常喝什么?""我在家的时候很少,需要喝的时候,喝酒——和自来水。"

晓芙定定地看了他一会儿。"你知道你这个家里缺什么吗?"她心直口快,"缺一个女主人!"飞帆立即变色,眼神阴暗,嘴唇苍白。"晓芙!"冠群警告地喊。

"我们为什么不打开窗子说亮话?"晓芙睁大眼睛说,"飞帆是缺一个女主人!他才三十二岁,为什么三十二岁的男人不能为自己再找一个太太,因为他离过三次婚吗?因为有三个女人离他而去吗?因为……"

"晓芙!"冠群再喊,从沙发里跳起来,走过去拉住妻子,"你今晚怎么了?又没喝酒,怎么净说些……"

"不该说的话?"晓芙说道,"大家都避讳谈这个问题,于是,好朋友间都避重就轻,只谈天气、石油、物价和美国大选!"

"这些事也是我们的切身问题呀!"冠群勉强地说。

"不是飞帆的切身问题。"晓芙固执地,"他该有个女朋友,该再去学习爱人和被爱!"

顾飞帆的脸色更白了,他那深沉而凌厉的目光显得特别灰暗。"晓芙!"他开口,声音低沉、喑哑、诚恳、坚决而有力,"你既然开了头,在我的伤口上来开刀,我也只有实话实说。在台湾,我只剩下你们这一对知己,我的事,你们最清楚。但是,我心里的感触,你不一定能深入。让我们今晚谈过这问题,以后不要再谈,好吗?"

"你说!"

"我这一生,再也不交女朋友!再也不谈恋爱!"飞帆几乎是一个字一个字地说出来,那种坚决和那种意志力,是晓芙夫妇从没有感觉过的,"经过那么多事情以后,在这世界上,不够水准的女孩,我看不上,好的女孩,我配不上……""你是不是自卑感在作祟?"晓芙打断他,热烈地盯着他,"那几次失败的婚姻,并不是你一个人的过错……"

"别提它们!"飞帆喊,声音严厉了起来。

晓芙吃了一惊,眼神立刻黯淡了,她有些受伤地低下头去，用手挽住冠群，轻轻对冠群说："来的不是时候，咱们走吧！"

飞帆很快拦住他们，神情沮丧，目光诚挚。"别走！"他轻声说，"晓芙，我知道你是好意。我……我……"他困难地吐出一句话来，"或者还有个机会，我能重建幸福。"

"重建？"晓芙迷惘。

"微珊。"他费力地说出这个名字。

"微珊！"晓芙轻呼，脸色有些发白。

飞帆转开头，走到窗子旁边，用手支着窗格，望着窗外的街道。街上车子穿梭，来往如鲫，车灯在暗夜中连成一条条的光带。他不敢看晓芙，只死瞪着那些车子，低声说了一句："我从来不敢问，她是不是还在恨我？"

"我……"晓芙和冠群交换了一个目光，"我想，事情已经过去了。不至于了吧！但是，我不知道。"

"你难道没有她的消息？"飞帆握着拳，手指上的青筋都凸了出来，他的声音却是沉静的，"她好吗？在什么地方？""你都不知道？"晓芙无力地问。"我不敢去知道。"

"她……"晓芙挣扎着说，"她很好，又结婚了，三年前结的婚，对方是个物理博士。"

"哦。"飞帆闭上眼睛，那些闪烁的车灯使他晕眩。他的背脊挺直，身体僵硬如一尊塑像，"她总算有了个好归宿！在什么地方？台湾吗？""不。她和她父母、全家移民到巴西，是在巴西结的婚。"一段短短的沉寂。飞帆睁开眼睛来，那些车灯仍然在闪烁，街车仍然在飞驰。人们都在忙些什么？那些坐在车里的人，都要赶到什么地方去？他抬头去看黑夜的天空，几点疏星在对他冷冷地眨着眼睛，他心底有个小声音在重复说着：

"幻灭，幻灭，幻灭……"

是的，幻灭。这种彻底的幻灭感会让人发疯，会让人从心底寒冷到四肢百骸。永远坚强的顾飞帆！永远面对挑战的顾飞帆正在绝望的浪潮中载沉载浮。不行！他深呼吸。必须摆脱这种绝望，否则，他立刻就会精神崩溃！他蓦地回过身子来，正视着冠群和晓芙。

"冠群，你还没喝到茶。"他说。

"算了！"冠群懊恼而急促地说，"我改天再来喝吧！晓芙，走了！""等一下！"飞帆很快地说，"我家里虽然没有茶，但是，在台北，要找个喝茶的地方太多了！"他抓起沙发上的西装上衣。"走吧！我请你们去一个地方，可以喝茶，喝咖啡，喝果汁，还可以打掉太空飞碟，打到你有成就感为止！""你在说些什么？"晓芙不解地问，一面关心地研究着飞帆，后者的脸色已恢复了平静，除了眼珠特别黑，黑得像夜，深不见底之外，看不出有什么特别。"你要带我们去哪里？"

"斜阳谷。"飞帆笑了笑，望着冠群，"不要以为是什么山谷之类，那是一家咖啡馆。你知道我第一次知道斜阳谷，是从……你弟弟亚沛那儿听来的。最近，我有很多晚上，都消磨在那家咖啡馆里。""哦？"冠群有些好奇，"那咖啡馆有什么特别吗？亚沛去的地方，不可能有多奇妙。"

"确实，那儿并不奇妙。"飞帆自嘲地笑了笑，"那只是一家普通的咖啡厅，在那儿，你们可以喝到茶，我呢，可以发泄一些郁闷之气。""我从不知道什么咖啡厅可以让人发泄郁闷。"晓芙转动着眼珠，目光明亮，"但是，我猜到那咖啡厅里有什么东西了。"

"什么东西？"冠群追问。

"最近才流行起来的玩意儿：电动玩具！"

"晓芙，"飞帆赞赏地说，"你是个天才！"

"电动玩具？"冠群怪叫着，"飞帆，你不会说，你迷上电动玩具了吧？那是小孩子做的事！"

"我确实得说，我迷上了电动玩具，那并不是小孩子做的事。"飞帆从桌上拿起汽车钥匙，"我跟你打赌，当你在打那些小蜜蜂的时候，你只会一心一意要射掉那些飞舞的东西，而没有心思想别的。""老天！"冠群叹着气，"从打老虎到打蜜蜂，你可走了一条漫长的路！""相当漫长，而且，是极端地不同。"

他们走出了房间，带上了房门。进入电梯以后，冠群还在那儿叽里咕噜地抗议："电动玩具！飞帆，你简直是堕落了，堕落得一塌糊涂！我真不相信你会去玩一个玩具！你不要让我轻视你，打老虎的顾飞帆去玩电动玩具！"

"你尽管轻视！"飞帆说，沉吟地看着他，"那些机器在进攻人性的弱点，每一种机器是一种挑战……"

"我以为，你的挑战都在生命里。"

顾飞帆嘴角的肌肉僵硬了一下，眼珠更黑更深更阴暗了。他们走出电梯，走向大厦停车场，这才发现不知何时，天上飘起毛毛雨来了。空气里有着寒意，风吹过来是萧瑟而清凉的，凉得让人的心境也凄冷起来。

一直走到车边，打开了车门，顾飞帆才回过头去，对冠群意味深长地说了一句话：

"如果我以后的生命里，只是面对机器的挑战，那就是我的福气了！"晓芙深深地看了他一眼，摇了摇头，没说话。

"你为什么摇头？"飞帆问。

"你还太年轻了。"晓芙说，"你的一切，都那么奇怪，命中注定，你一生要面对挑战。飞帆，我可以预言，你生命里还有无数的挑战！""请你别咒我！"飞帆钻进驾驶座，让冠群夫妇都挤在他身边的位子坐下，他一面发动车子，一面轻声说，"够了。我不希望再发生任何事故。我可以面对机器、丛林、野兽……只要不是人。""不是女人。"晓芙加了一句。

飞帆看了她一眼，没再说话，扭开了雨刷。雨丝纷纷飘落在玻璃窗上，雨刷再把那些细碎的小水珠一扫而空，周而复始，雨刷做着同样的工作。飞帆摇头低叹，很多人也像雨刷一样，不是吗？车子驶上了街道，加入了那些来往穿梭、匆忙飞驶的车海里。

那些电动玩具的发明人一定是天才。

电动玩具忽然间就在台湾流行起来了，连百货公司、超级市场、餐厅……都会放上一两台，以供客人娱乐。它们占的面积不大，每一台都是个平面的小桌子，桌面是荧幕，荧幕上会显现不同的画面，有的是飞碟，有的是怪鸟，有的是小精灵，有的是蜜蜂……桌子旁边有按钮和操纵杆，你可以按动按钮，发射子弹，再握住操纵杆，左右自己火箭的方向。它引诱你一次又一次地玩下去。这晚，斜阳谷的生意并不很好。

天下着小雨，秋意已深。在这种突然转凉的天气，人们大多待在家中。因此，斜阳谷的电动玩具桌几乎有一半是空着的。但是，在一个不被注意的角落里，访竹已经坐在那儿，面对一架"火鸟"，苦斗了一个多小时了。火鸟以五十只鸟为一个攻击目标，打完五十只鸟，又会出来五十只鸟，再打完，它再出来……每次出来的方向、队伍、形状……都不相同。访竹一面射击，就一面在想，这发明家一定还有点儿艺术天赋，因为，那些鸟扑着翅膀飞来，五颜六色，忽而成行，忽而分散，忽而绕圈子，忽而俯冲攻击……每个显像都是一幅画。有时，她停止攻击，只是呆呆地研究它们，看它们变戏法似的飞来飞去，惊奇着那电脑的"智慧"，更惊奇于"人脑"，怎会去创造出这些"电脑"？

今晚，她原来的计划并不是一个人来玩的。访萍和亚沛说好了一起来玩，但是，临时，亚沛又提议去看电影，那影片访竹已和同学看过了，不愿再看，于是，她落了单。事实上，近来这种情况经常发生。访竹心里有数，一个男孩和两个女孩在一起玩，总有一个会变成多余的。她并不在乎成为多余的一个。亚沛在她心中，只是个"中性"朋友，所谓"中性"，是引不起"异性"的触电感的。而且，许多时候，她觉得"孤独"也是一种享受，你可以坐在那儿，不受任何打扰，而让思想在窗外，在原野，在英国的大草原，或在古希腊的神殿中飞驰。这滋味也是很好的。

"思想"是每个人最大的宝藏，没有人能侵占的宝藏。访竹很珍惜这份宝藏，虽然，偶尔，她也会对它生气，当一些冷雨敲窗，长夜漫漫，她看完了所有的小说，而又睡不着觉的时候。

荧幕上出现了一只蓝色大怪鸟，摇摇摆摆像喝醉了酒的老头，蹒跚着跋涉在黑色的天幕上。访竹瞪着它，看它迟缓而笨拙的行动……她的手指压在按钮上，却没有发射子弹，她在找寻那大怪鸟的眼睛，它有眼睛，真的。她看得出神，轰然一声，怪鸟撞上了火箭，来了个"同归于尽"。她摇摇头，对那大蓝鸟居然萌出一丝敬意，它下坠的一刹那，简直"壮烈"！斜阳谷的电动门开了，有人进来。咖啡厅本就是人来人往的地方。访竹下意识地抬起头来，不经心地对那几个走进来的客人扫了一眼。立刻，她心中微微一跳，她认出了他！那个有对"奥玛雪瑞夫"的眼睛的男人！他真的接受了她的建议，来这儿找成就感了？

　　同时，顾飞帆一进门也看到了访竹。虽然她坐在一个角落中，虽然斜阳谷的灯光并不明亮，虽然室内还氤氲着一层烟——客人大都抽烟，空气中总是烟雾蒙蒙的。但是，她坐在那儿，偏分的长发一直垂到腰际，白皙的面颊带着种"遗世独立"的幽静，穿了件纯白色的洋装，脖子上系了条小小的红纱巾……她安静自如，飘然独立，却像个发光体般璀璨，散发着某种难以描述的韵味——属于青春的，属于女性的，属于楚楚动人的那种轻灵。忽然，他心里闪过一个思想。他顿时明白她何以吸引他了。她多像十年前的微珊！不是面貌长得像，而是那种韵味，那种你永远无法具体描写出来的韵味！他的目光和她的几乎是立刻就接触了。访竹的眼睛闪耀了一下，对他微微一笑。他不由自主地还了她一个微笑，转头望着冠群夫妇。"冠群，咱们碰到熟人了。那边那位小姐，你们应该认识的。"

冠群和晓芙对访竹看了过来。

"噢，"冠群说，"是纪家的女孩!"他看晓芙，解释着，"记得吗? 在爸妈那儿见过，是亚沛的朋友!"

晓芙不太认识访竹。她和冠群婚后就组织了小家庭，没有和公婆住在一起。工业社会人人都忙，到婆家拜访成了每星期的例行公事。只有星期天，他们才去公婆家，而星期天，亚沛是很少在家的。但是，她知道亚沛和纪家来往密切，因为纪家有一对如花似玉的姐妹花!

他们本能地走向访竹。访竹站了起来，她身材修长，亭亭玉立。望着冠群夫妇，哈，真巧，是亚沛的哥哥嫂嫂。不过，再想想，实在没什么"巧"，顾飞帆本就是亚沛带来的，本就是何冠群的朋友呀。"你们也来玩电动玩具? 还是只来喝咖啡?"她问，目光转向飞帆，微笑柔柔地隐在眼底，"你真的来了!"她说。

"事实上，我来过很多很多次了。"飞帆坦白地说，面对访竹，她眼底那簇小火花又引起他那股近乎心痛的感觉。"你推荐了我这个地方，我发现你反倒并不常来，这还是我第一次遇到你。""我常在下午来。"她说，"下课以后，和同学一起来玩。""哦，你还在念书? 什么学校?"

"在辅仁，明年就毕业了。"

冠群和晓芙在隔壁一桌坐了下来，那桌面是一台小蜜蜂，许许多多蜜蜂状的小飞碟排队似的摆在那儿。冠群对电动玩具没兴趣，只是望着访竹，奇怪亚沛哪儿去了。"亚沛没和你在一起？"他率直地问。

"他和访萍看电影去了。"访竹笑笑，"他们去看《再见女郎》，我已经看过了。""哦。"冠群应着，看样子，亚沛终于在姐妹中有所抉择，否则，他不会丢下姐姐，去和妹妹看电影。

飞帆在想同一个问题，心里有些淡淡的歉然。是他给亚沛出的主意，是他劝亚沛选择妹妹，为什么？他也不明白，他只是直觉地认为访萍的个性随和，不拘小节，和亚沛比较相配。而访竹——访竹是一首李商隐的诗：费解，神奇，深奥，而清灵无比。他在访竹对面坐了下来，访竹也坐回位子上，望着桌面的"火鸟"。她的"火箭"都被"火鸟"炸光了。现在，荧幕上，火鸟正在自己表演，飞翔、投弹、旋转、爆炸。飞帆看看她，看看"火鸟"，歉然地想着，是他让她这样孤独地坐在这儿面对一架机器的吗？不。他立刻获得了答案，她没有失落什么，她那么安静自如，那么坦荡荡，又那么幽静。他几乎有些嫉妒她的"飘然"，如此年轻！想必，从未尝过"愁滋味"。"喂，飞帆，"晓芙在隔壁一桌喊，两张桌子靠得很近，他们几乎是坐在一块儿，她正拿着饮料单研究，侍者在一边等着，"你要喝什么？""哦。"飞帆醒悟过来，面对侍者，"给我一杯黑咖啡。冠群，你喝茶，是吗？晓芙……"

"我要杯番茄汁。"晓芙说，注意到访竹面前的杯子已经空了，"纪小姐，你呢？"

访竹有些讶异地看了晓芙一眼，对侍者说："再给我一杯柳丁汁。"

然后，她又望向晓芙。

"叫我访竹。"她说，"如果你叫我纪小姐，我会被弄糊涂，不知道你在叫谁。"晓芙注视访竹。是了，访竹，这是她的名字，她妹妹叫访萍。晓芙望着那张年轻的脸庞，那大而灵秀的眸子，那对眼睛多妩媚！妩媚得好像可以滴出水来……她奇怪，这样的女孩子会一个人坐在咖啡厅里，她更奇怪，亚沛怎么放过了她？难道妹妹更加可人？"好的，访竹。"她微笑地说，"不要让我们打扰了你，继续玩吧！""喂，"冠群被桌面那一群小蜜蜂吸引了，"这玩意儿怎么玩呀？""来，让我示范给你看。"飞帆从口袋里找出几个辅币，把冠群挤往一边，他丢下辅币，开始射击。啾！啾！啾！啾啾啾！啾啾啾啾啾！子弹从火箭口连串地射出来，小蜜蜂一只只呻吟着消失在星光点点的天幕上。一些蜜蜂俯冲下来，带来无数子弹，扫射着火箭，火箭灵敏地回避，打完了所有蜜蜂。新的一面"蜜蜂阵"又出来了，啾啾啾，火箭再度攻击，嗯嗯嗯，蜜蜂再度被消灭……晓芙和冠群看呆了。终于，一只黄蜜蜂带着两个红武器迅速冲过来，火箭闪避不及，轰然爆炸。

一个 Game 玩完，飞帆打了一万七千分。

等他玩完了，访竹静静地看着他。

"你确实常常玩，"她说，"不是生手了。"

"你能打多少分？"飞帆问。

"不一定。"访竹玩弄着手里的几个辅币，"玩这个，需要熟练、技巧，加上运气，才能打高分，缺一不可。"

"你来试一下？"晓芙说。

"好，我试试看。"访竹开始玩。子弹箭一般地射击，啾啾啾……居然弹无虚发，枪林弹雨中，访竹先射掉红的，再射黄的，荧幕上映出一串数字。访竹解释着："如果你先射中两只红的，再射黄的，加八百分，要打出高分，必须这样打。"她一边说着，一边又射了一个八百分。

"可是，"晓芙说，"那黄蜜蜂一飞起来就会丢炸弹呀！""是的，所以你要冒险。"访竹说，"发明这玩意儿的人把人性的弱点早就抓住了。往往，被射杀只是因为贪心。"她边说边射击，已打到第七面旗子了，荧幕的右下角，一列地排出七面小红旗子，非常好看。"这是一个冒险、追杀、冲刺、死亡……的游戏。"她抬头看了飞帆一眼，"像人生，是不是？"

飞帆怔了怔，不太信任地看她。她微笑着垂下睫毛去，继续追杀那些小蜜蜂，态度从容而镇定。他不相信地看着那低垂的睫毛，这只是个小女孩！这真的只是个不解人生的小女孩吗？"我每次玩这个，"访竹边说边玩，"就觉得不是我在玩它，而是它在玩我。因为，最后永远是它胜利，不是我胜利。那些蜜蜂不是猎物，我才是。"她又打了一个八百分，"但是，我仍然喜欢玩，喜欢打出八百分的那种征服感和成就感，即使被那黄老头撞死，也有虽败犹荣的感觉，很壮烈……"轰然一声，她的火箭真的"壮烈成仁"了。她笑了。一个 Game 结束，她拿了四万八千多分。

"噢，"冠群大感兴趣，"这很容易嘛！我换铜板去！最高能打多少分？""我听说，"访竹回答，"有人打过三十万分，不过我不太相信，我最多打过七万分！"

"七万！"飞帆瞪着她，"你一定在这上面耗费过很多时间！"访竹笑了笑。回到自己的桌子上，端起那杯刚送来的柳丁汁，啜了一口。她的嘴小巧玲珑，带着天然的红润。她的面颊，因为刚刚的"战斗"而泛着红晕。她喝着果汁，没看他，轻轻说："是消耗了很多时间。有时，觉得自己很傻，怎么会和一架机器缠斗不休。不过……"她顿了顿，目光迷迷蒙蒙起来，"时间是很多的。每个人打发时间的方法不同，有人……去印度打老虎，有人在咖啡厅打火鸟。"

他锐利地盯着她。她抬起眼睛静静地迎视着他。

"你今晚很爱说话。"他说，"上次，我见到你的时候，好长一段时间，都以为你是哑巴！""哦，是吗？"

她有点惊觉，侧着头沉思起来。真的，今晚，自己有些反常。为什么说了那么多话？为什么把许多深藏在内心的感觉都说了出来？平常，自己确实是不爱说话的，尤其在"陌生人"面前。陌生人？她凝视飞帆，他是个陌生人吗？好像是的，好像不是……好像在几千几万年前的远古时代里，她和他就认识了……算了，她猛地摇头，想起《红楼梦》中，宝玉初见黛玉，说："这位妹妹我曾见过的。"她的脸蓦地发起烧来，她相信自己一定脸红了。为了掩饰心中那突发的、莫名其妙的羞涩，她低下头去，很快地说："我们来对玩一盘火鸟吧！输的人付账！"

他盯着她的脸，为什么她的脸忽然红得像火鸟？那双颊的嫣红再度牵扯了他心脏上的某根神经，他不喜欢自己那种类似悸动的感觉，这种感觉，只对微珊发生过。微珊，嫁了！微珊，嫁了！嫁了！他也低下头去。访竹的火箭正在毫不留情地屠杀着一群飞雁。

隔壁桌上，冠群和晓芙早已玩起小蜜蜂来，冠群的火箭一再被击灭。轰轰之声不绝于耳，同时，冠群忘形地在那儿又吼又叫："又炸掉了！又炸掉了！见鬼！它们会撞我！见鬼，怎么满场乱飞？哎呀，不得了！哎呀……全飞起来了……打死你！打死你！哎呀……又炸掉了！"

"冠群，"晓芙说，"你怎么玩得毫无风度？你那么用力干什么？把桌子都快掀了！""轮到你了，"冠群说，

"看看你的风度如何？"

访竹听着，似笑非笑地牵动了一下嘴角。打电动玩具的各种"风度"，她都见识过了。不知道顾飞帆的风度如何？想到这儿，她稍微一分心，一只"萤火虫"炸掉了她的第一枚火箭。她看看分数，才两千多分，最近，她从没有玩过这么低的分数。轮到顾飞帆了。他开始发射子弹，很准，很稳，很专注……他打掉了第一面的五十只鸟，加了一千分，已超过访竹的分数。访竹注视着他的手，那是一双稳定、有力、修长的手。她有些眩惑，这样的手该是属于艺术家的，绝不是一个狩猎者，或是——流浪者。她把目光从他的手悄然移向他轻蹙的眉端，有着浓浓的落寞。不知怎的，她忽然想起《哈安瑙小姐》中的男主隹——理察。不知道面前这个男人有没有失去过他的哈安瑙？哦，不会！他结过三次婚。一个结过三次婚的男人，如果不是太多情，必定是太无情！"想什么？"他打断了她的思绪，"该你了。"

"哦。"她又脸红了，慌张地去发射她的子弹。

他们玩了将近两小时，几乎是势均力敌。然后，访竹看看手表，居然十点多钟了，再不回家，妈妈会叨唠一个晚上。她回头看看冠群夫妇，冠群正玩得面红耳赤，激动无比，那操纵杆差不多要被他拔断了，他嘴里就没停过咒骂和低吼：

"气死我了！气死我了！哎呀！就剩这一只，怎么打不死！你瞧你瞧，它把我撞死了，它还停在那儿扇翅膀，对着我笑！你瞧你瞧！它真的在笑……"

看他玩得那么起劲，访竹对飞帆说：

"我要先走一步了，你们继续玩吧，我回去晚了，妈妈爸爸会不高兴。""噢！"飞帆看看表，"我们也该走了！"

晓芙去抓桌上的皮包。

"够了，冠群，走吧！"

"不行，不行！"冠群死盯着那些蜜蜂，"我不走，我和它们干上了！晓芙，你坐下别动，看我射那只黄老头！飞帆，你要走就先走……哎呀！糟糕……"

飞帆站了起来，低头看着冠群，微笑着。

"冠群，这是孩子玩的玩意儿！"

"少废话！"冠群头也不抬地说，又投下五块钱。

"冠群，你简直堕落了！"飞帆继续说，"堕落得一塌糊涂，别让我轻视你……""你走你走！"冠群对他不耐烦地挥挥手，忙不迭地又去发射他的子弹，"瞧！就是你在一旁多嘴，害我被炸掉了！"

晓芙抬头看看飞帆，唇边浮起一个又好气又好笑的笑容，对飞帆耸耸肩："这人玩疯了！"她说，"他玩不好还会迁怒呢！你先走吧，我们再玩一会儿。""噢，"访竹慌忙对飞帆说，"你们尽管留下来玩儿，不要因为我要走而影响你们！""我已经玩儿够了！"飞帆看着她，"我送你回去，外面在下雨。""不用，真的不用……"

"我很愿意送！"飞帆认真地说，注视着那对黑白分明的眸子，"我的车就停在门口！"

她没有再拒绝。他们走出斜阳谷，外面的雨已经很大了，街道被雨水洗得发亮，街车也稀疏了，斜阳谷的霓虹招牌兀自在夜色中闪烁。访竹和飞帆上了车。飞帆发动车子，回头再看了看那霓虹招牌。"斜阳谷，很奇怪的名字，是不是？"他说。

"可能是取自一首歌，歌名'问斜阳'。"

"《问斜阳》？"他愣了愣，"没听过，歌里说些什么？"

她沉思了一会儿。"问斜阳，你既已升起，为何沉落？"她清脆地，喃喃地念，声音婉转动人，"问斜阳，你看过多少悲欢离合？问斜阳，你为谁发光，为谁隐没？问斜阳……"

她停住了，不再念下去。

他被那歌词深深感动。

他回头看她，她眼里闪着泪光。

他蓦地心慌而诧异，急促地问：

"怎么了？""别管我！"她轻声说，"一本好书，一支好歌，一首好诗，一幅好画……都会让我掉眼泪。访萍说我是呆子，我有些傻气，你不用管！"他深深看了她一眼，继续开着车。

"歌词的后一半呢？"他柔声说，"能念给我听吗？"

"改一天，"她低语，泪珠在睫毛上轻颤，"我会写给你。"

他再看她一眼，没说话。他的手握紧了方向盘，下意识地咬紧了牙根。改一天，他心想，我会怕见你！

问斜阳　你既已升起　为何沉落

问斜阳　你看过多少悲欢离合

问斜阳　你为谁发光　为谁隐没

问斜阳　你灿烂明亮　为何短促

问斜阳　问斜阳　问斜阳

你能否停驻

让光芒伴我孤独

问斜阳　问斜阳　问斜阳

你能否停驻

让光芒伴我孤独

问斜阳　你由东而西　为谁忙碌

问斜阳　你朝升暮落　为谁匆促

问斜阳　你自来自去　可曾留恋

问斜阳　你闪亮如此　谁能抓住

问斜阳　问斜阳　问斜阳

你能否停驻

让光芒伴我孤独

问斜阳　问斜阳　问斜阳

你能否停驻

让光芒伴我孤独

问斜阳

问斜阳

第三章

　　访竹写下了这支歌，她反复地念着那歌词，心中有种说不出来的凄恻之感。她知道自己不该有这种感觉，短暂的二十年生命中，有父母的呵护，哥哥的照顾，妹妹的笑语呢喃，同学们的喜爱……和那些男生的追求……她是过得很幸福的，虽然"幸福"两个字并不包括绝对的"满足"，因为人的心灵总有那么些空隙，是"若有所失"，而又"若有所求"的！她托着下巴，望着桌上的旋灯，一灯荧荧，万籁俱寂。窗外的月色很好，前几日的雨雾早已被阳光扫去。月光洒在窗帘上，是一片朦胧的、发亮的白。这样的夜是不该一个人待在小屋里的，她倾听了一下，客厅里，亚沛和访萍的嬉笑声依然喧闹。"我绝不看科学幻想片！"访萍在嚷，"也不看恐怖片！只有一部电影可看——《加州套房》！"

"好小姐，"亚沛的声音里有迁就，有祈求，"我们先出去，再慢慢研究看什么电影好不好？"

访竹微笑起来，看样子，亚沛可不在乎看什么电影，他只在乎和访萍出去单独相处，离开父母的监视。瞧，这就是人生！有时，她代父母悲哀，把孩子一个个一手捧大，再去交给别人。一代一代，永远在做重复的事！

"问斜阳，"她喃喃自语，"你朝升暮落，为何重复？问斜阳，年年岁岁，你迎接了多少英雄人物，又送走了多少英雄人物？"她笑了。这是在抄袭"滚滚长江东逝水，浪花淘尽英雄，是非成败转头空。青山依旧在，几度夕阳红！"的思想。你瞧，书不能看太多，它们会占据你的思想，让你不知不觉地受影响。最近她那种"不满足感"大概就来源于书看得太多吧！她的人生已够充实，那份婉转的恻然和"孤独"感从何而来？准是书看得太多！她每次看书都会把自己幻化为书中人物，为他们的笑而笑，为他们的哭而哭。

访竹咬着笔尖，正沉思着，访萍忽然推开房门，一阵风般卷了进来，急匆匆地说："访竹，我要出去，你那件白色外套借给我穿好不好？你瞧，我穿了件粉红衣裳，总不能配我那件咖啡色的外套吧？"

访竹点头。第一次发现大而化之的访萍，居然也会对衣服的"配色"要求起来了。怪不得古人有"士为知己者死，女为悦己者容"的句子，看样子，大局已定，亚沛毕竟打胜了访萍学校里那些男生。"你自己拿，在衣橱里。"

访萍打开衣橱，拿出那件白外套。奇怪，年轻女孩都喜欢娇艳的颜色，偏偏访竹的衣服不是黑的就是白的！她把外套拎在手上，关上橱门，反身就预备跑出去，忽然，她停住了，转头看访竹，灯下的访竹，脸上有那样一抹陌生的"寂寞"。她怔了怔，歉疚、关怀、怜爱……的心情一涌而上。她不知道，访竹是不是也喜欢亚沛，姐姐永远是个谜，是深藏不露的。"访竹，"她直率地说，"你自己要不要穿？"

"哦，"访竹微微一怔，"我——今晚并不打算出门，快期中考了，我想准备一下功课。"

访萍看了她一会儿。"访竹，你和我们一起去吧！我们要看电影，《加州套房》，听说是有名的电影，提名金像奖的！"

"噢，我看过了。""你怎么什么电影都看过了？和谁看的？"

和谁看的？访竹的脸蓦然一红。那是打电动玩具之后的第三天吧，她又在斜阳谷遇到飞帆，又是晚上。其实，她很少晚上去斜阳谷，不知怎的，那晚心血来潮，就去了。不知怎的，他也会在那儿——一个人。那晚他们两个打得都很差，于是，他提议去看电影。他们看了《加州套房》，看完，他立刻送她回了家。整个过程，都很单调，他不大说话，她也没说什么。就这样，没什么诗意，没什么特别，只是看了一场电影！"和……同学去的。"她回答，不明白为什么要对妹妹撒谎！"那么，"访萍迟疑了一会儿，"我们不要去看电影，去玩点别的……""你去吧！"访竹微笑起来，"我不去夹萝卜干！"

"访竹！"访萍的脸红了。

外面客厅里，亚沛已经在不耐烦地喊了起来："访萍，要迟到了，片头已经看不到了！再晚去，男女主角快从认识变成结婚了！"

"去吧！快去吧！"访竹催促着访萍。

访萍略一犹豫，甩了一下头，挺潇洒的。

"我晚上回来有话和你谈！"她说，拿着白外套，往屋外冲去。客厅里再一阵喧闹，醉山在叮嘱不可以晚回家，明霞在叮嘱别吃摊子上的东西，当心吃坏肚子……哎，天下父母心！终于，安静了。访萍和亚沛都走了。访槐今晚有节目，根本没回家吃晚饭。再一会儿，电视机开了，有位歌星在唱《不了情》：

忘不了！忘不了！忘不了你的错，忘不了你的好，忘不了雨中的散步，也忘不了那风里的拥抱。

……

她倾听着，再看看桌上那首《问斜阳》。忽然间，她觉得再也坐不住了，觉得那种"若有所求"的感觉把她强烈地抓住了。她无法坐在这儿面对一盏孤灯，也无法把自己放到课本里去。尤其，那歌星正缠绵地唱着：

　　它重复你的叮咛，一声声，忘了，忘了！
　　它低诉我的衷曲，一声声，难了，难了！
　　……

好歌词，她想。好一句忘了，忘了！好一句难了！难了！她吸口气，突然站起身来，抓起桌上的《问斜阳》。走到橱边，打开衣橱找外套，才想起心爱的白外套已给访萍拿走了。她拿了另一件全黑的，好在自己今天穿的也是一身黑。穿上外套，她把歌词放在口袋中，走出卧室，到了客厅。

明霞将目光从电视上转向访竹。

"怎么，你也要出去？"她诧异地问。

"去……找同学研究一下功课。"她说，又撒谎了。

"不会用电话研究吗？"明霞敏锐地反应，"一定要亲自去？""好了，明霞。"醉山打了圆场，宠爱地看了访竹一眼。这孩子已经太乖了，乖得让人心疼。何必再拘束她呢？年轻人应该有她们自己的天地。二十岁的孩子不属于一间卧室。"去吧，访竹，早去早回！""好的，爸爸。"访竹顺从地回答，"等会儿见，妈！我走了！"
她穿上鞋子，走出大门，进入电梯。

几分钟后，她已经站在大街上了。街上，车来车往，永远繁华。月光被街灯冲淡，变得无精打采了。她抬头看看月亮，快要月圆了，用惯了阳历，她从不知道阴历的日子。看那明月将圆，她觉得农历颇为有理，应该是十四五吧！她想。把目光从月亮上调回来，才有一阵迷惘，去哪儿？出门的时候，就没有想过要去哪儿？斜阳谷吗？她脸上燥热。或者，潜意识里，她是想去斜阳谷的，去找一个"偶然"。为什么？她有些生气地问自己，为什么要找"偶然"？为什么要找"巧合"？他不会晚晚去斜阳谷，除非他也在找"偶然"和"巧合"！她心中怦然一跳，会吗？他会吗？她想起看电影那个晚上。不，他不会。

她摇摇头，在街上无目的地闲逛。

他对她没什么意义，她模糊地想。只因为他有个"谜"一样的过去，有对"奥玛雪瑞夫"的眼睛才会引起她的注意。她在他身上从没找到过什么优点，从没发掘到过什么宝藏。不过……她迟疑地站住了，前面有个公共电话亭。不过……自己真"发掘"过他吗？

她不知道为什么走进了电话亭。

瞪着电话机，她发现不知道要打什么号码。

她拿起那本刚换新的电话号码簿，开始找寻。

杜、赵、陈、刘、顾……有了！顾……他不会登记号码的。她顺序找下去，越找，心中就越泛起一股渴望，给我号码！给我号码！你一定要登记！你非登记不可！但是……找完了所有姓顾的，没有顾飞帆！她失望地呼出一口气。他真的没登记！居然没登记！她预备合起电话簿，但，她突然看到用"顾宅"为名义登记的号码，数一数，有十三个顾宅！十三是个不吉利的数字，但是，管他呢！她突然有种"非做不可"的决心，就像她面对蜜蜂阵，而非要打掉不可一样。她开始从第一个"顾宅"拨号。

"请问，有没有一位顾飞帆先生？没有？噢，对不起，打错了！"再拨第二个，又错了。第三个，还是错了。第四个……第五个……第六个……第七个……她的声音越来越软弱，失望感越来越强烈地抓住了她，除了失望感，还有挫败感。而且，她是更加更加莫名其妙地想打通这个电话了！

第十二个了。她已放弃希望了，心中冷涩而酸楚，手指冷冰冰的，心中更冷。"喂，哪一位？"对方那熟悉的声音蓦然传来，"我是顾飞帆……"泪水倏然冲进她的眼眶，她不信任地听着那声音，重重地吸气，居然说不出话来了。

"喂？"对方怀疑地在问，"是谁？晓芙吗？别开玩笑？怎么不说话？……不说话我就挂断了！"

"不不！"她急促地低呼出来，声音哽塞，"是我，纪访竹。"她怀疑他还知不知道纪访竹是谁。

果然，对方沉默了好一会儿。

"哦，访竹，"飞帆终于开了口，"你在哪里？斜阳谷吗？"

"不！我在街边上。"

"街边上？"他不安而困惑，"发生了什么事情吗？你在街边上做什么？""我想……来看你！"她冲口而出，二十年来，她从没做过如此鲁莽而大胆的事，"告诉我你的地址！"

对方又沉默了，她的心脏怦怦乱跳，呼吸急促。他一定惊愕极了，他一定认为她是不知羞的，他一定从开始就把她当小孩子，他一定被她吓住了……

"我……"她嗫嚅着，颤抖着说，"只是……想把那首《问斜阳》的歌词给你送来！"

"告诉我你在哪儿，我来接你！"他终于说话了。是她多心吗？她感到他语气中的勉强。

"不要麻烦了，只要告诉我你的地址。"

"好吧！"他说了，"忠孝东路云峰大厦十一楼A。知不知道？很容易找。""好，我马上来！"挂断电话，她走出电话亭，腿还是软的，心还在跳，脸颊还在发烫，她伸手拦了一辆计程车。

半小时以后，她已经置身在飞帆那讲究而空旷的大客厅里了。他凝视她，让她坐进沙发。她逃避什么似的环室四顾，空空的墙，空空的架子，空空的桌面，空空的沙发……她望向他，两人的目光接触了：空空的顾飞帆！

飞帆挺立在那儿，想挤出一个笑容，却挤不出来。怎么回事？他怕这个女孩的眼神那样柔媚，那样明澈，那样了然，那样洞察到他内心去。他深深吸气，振作地挺了挺背脊。

"你要喝点什么？"他问。

"你有什么？"她反问。

他愣了愣。茶叶，仍然忘了买，开水，仍然没有烧。

"冰箱里有香起士，行吗？"

"行。"他给了她一杯香起士。自己倒了一小杯白兰地，喝酒是在国外养成的习惯。他在她对面坐了下来，两人四目相瞩，有好一会儿，谁都没开口，只是静静地研究着对方。空气里有某种危险的东西在酝酿，某种飞帆熟悉的东西……不要！他心里冒出一句无声呐喊，这一喊立刻震醒了他。他咬咬牙根，找出一句话来：

"怎么知道我的电话号码？"

"我查电话号码簿。""哦？"他怀疑地说，"我好像没登记名字。""是的。"她坦白地说，手里紧捧着那杯香起士。她的目光不再看他，而看着杯子："你登记的是顾宅。你知道有多少个顾宅吗？十三个！你是第十二个！"

他紧紧地瞪着她，心脏怦然摆动。啜了一口酒，他把杯子放在桌上，费力地把心神转向别处去。

"你要给我的歌词呢？"

她放下香起士，从口袋里掏出那张纸，递给他。室内很热，她脱下了外套，他看了她一眼，一袭黑衣，更衬出她皮肤的白皙，那面颊细柔娇嫩，像树枝上刚冒出的新叶；细嫩而且——脆弱，脆弱而又——带着倔强有力的生命力。他再吸气，仓促地低下头去看那首《问斜阳》。

那歌词深深地撼动了他。尤其最后那两行：

问斜阳　问斜阳　问斜阳
你能否停驻
让光芒伴我孤独

这竟像是在写他呢！他再念了一遍。访竹很细心，歌词上附着简谱，他不由自主地随着那谱轻轻地用口哨吹出调子来。她惊奇地看他，倾听着，他的口哨吹得很好，很动人。他吹完了，她说："你吹得很好，我以为，你不认得简谱。"

"没有人不认得简谱！"他说，"知道吗？我学过好一阵的音乐。我父亲希望我当音乐家。六岁，我就开始学小提琴，你不知道学小提琴有多苦，我一直学到二十二岁。念大学期间，每到寒暑假，我就到餐厅去打工，拉小提琴赚外快，收入居然很不错！""后来呢？"她问。"后来，我父亲去世了，工厂和事业都交给了我，我也发现自己永远当不了帕格尼尼，就放弃了。"

"现在还拉吗？""拉给谁听？"他反问，一丝自嘲的笑容浮上嘴角，"给印度的丛林听？给我的猎狗听？还是给那些衣不蔽体的印度人听？""你现在并不在印度。"

"是吗？"他反问，望着她。

"是。"她肯定地说，肯定而热烈，"你回来了，不管以前发生过什么，现在这一刻永远是真实的。你回来了！在这儿，在这屋里。没有蛮荒，没有丛林，没有野兽和挫折……""你怎么知道我受过挫折？"他打断了她，眼神有些阴暗，两小簇光芒在眼底的阴暗中闪动。

"一个离过三次婚的男人不可能没遇到挫折！"她很快地说，几乎没经过思想和大脑。只为了——她曾深陷在这问题中，代他设想过许多许多理由。"一个失败的婚姻本身就是极大的挫折，别人顶多被挫折一次两次，你居然连续三次！"

室内的温暖似乎在一瞬间全消失了。空旷的房间蓦然变成了冰般的寒冷。他的眉峰紧蹙，嘴唇苍白，目光死瞪着她，默然不语。她立刻后悔了！后悔而焦灼。她来这儿，并不是要说这些，她不是来刺探他，不是来碰痛他的伤口。她来……送歌词？仅仅是送歌词吗？不。

她自己也弄不清楚为什么要来这儿，也不想去弄清楚它。现在，她只是急于弥补自己的失言，她的身子向前倾了倾，用舌头舔着嘴唇，急促而迫切地说：

"你生气了。请你不要生气，我们都会碰到挫折的，我从不认为挫折是耻辱。有时，我想，婚姻像考试，你只是一连考坏了几次……"她住了口，他的目光更深沉阴暗了。她发现自己又说错了，举例不当，越说越错，越解释越糟糕。她一急之下，脸就涨红了。空气僵了片刻，然后，她深切地看他，干脆坦白地、恳切地、真挚地问了出来："告诉我你的故事。告诉我你的一切，告诉我你为什么会离三次婚？"

他盯着她。那恳挚的眼神那动人的注视，那焦灼的、乞谅的声音，那柔媚的、温存的询问，以及那女性的、甜美的青春！……在在都震撼着他。他惊跳起来。不要！他心底又在疯狂地喊了！不要！再也不要重来一次！再也不要！

他像被蜂子刺到般战栗惊悚，很快地，他转开身子，走到酒柜边去倒酒，他的声音僵硬："你在做什么？调查我的身世？"

"你明知道我不是。"她有些委屈，恨自己那么拙于言辞。

"我的故事与你有关吗？"他再问，声音里居然带着挑衅的意味。"不，不是的……"她不知该如何回答，脸颊更红了，焦灼和难堪遍布眉梢眼底，"或者……或者是的。"她语无伦次，"我……我想，你很孤独，很寂寞，你需要朋友，如果你把你那些事说出来，或者你会舒服很多。"

他猛地掉转身子，面对着她："好吧，让我告诉你！"他气势汹汹地说，"让我告诉你我为什么离了三次婚，因为我有结婚和离婚的嗜好，这世界上有杀人疯子，也有离婚疯子，我就是个离婚疯子，行了吗？"

"你……你还在说气话！"她被他吓住了，"我来这儿，并没有恶意……""我知道！"他打断她，忽然笑了起来，那笑容带着嘲弄，带着讽刺，"你来这儿，因为我很寂寞，很孤独，你要来安慰我，陪伴我，解除我的寂寞！"

她愕然地看他，目瞪口呆。

"你瞧！"他再说，"我顾某人怎么逃得开艳遇？闭门家中坐，也会有美人天上来！"

她心中一阵锐痛，立即被大大地伤害了，被他的态度刺伤了，被他那嘲弄的笑刺伤了，被他那讽刺的、刻薄的话刺伤了。她的脸涨得通红，接着就变白了。她紧盯着他，想从他眼底读出他内心真正的想法，但她看到的只是一层深黝的黑暗……深不见底的黑暗。他隐在自己那黑暗的保护层里，完全无意让她看透。

她猝然站起身来，想着在眼泪来临之前，她必须离开这房间。她知道自己很爱哭，但是，她会为小说哭，为电影哭，为音乐哭……却不为自己哭，她不能哭！她打了十二通电话，她找上他的门，她得到了该得到的轻视？伤害？侮辱？现在，唯一能做的，是赶快离开这房间，永远不要再来！

"我走了！"她急促地说，声音震颤，"我来错了，我不该打扰你！"她抓起外套，冲向门边。他跳起来，飞快地拦在门前，他的背脊紧贴着门，他的身子挺直得像棵巨木，他眼底的保护色不见了，取而代之的，是一种凄凉的凌厉。他的脸色变白了，嘴角的嘲笑已消失无踪。但，他的表情极端地严肃、郑重，而且森冷。"在你走以前，听我说几句话！"他哑声说。

她站在那儿，被动地瞪着他。

"你是来错了！"他清晰地，几乎是一个字一个字地说，"你对我完全没有了解，只有好奇。我不是你心目里的英雄，不是你小说中的男主角，不是任何好女孩梦想中的人物，如果你聪明就该远远地避开我……"

"你……你……"她又羞又气又愧又痛，各种复杂的情绪对她层层包围，泪珠再也不受控制，冲进了眼眶，迷蒙了她的视线，"你认为……我是来追求你的吗？"她憋着气问。

"我认为，"他冷冷地答，"你错误地拨了那第十二个电话！"她如同挨了狠狠一棍。在她这一生里，她从没有像这一刹那间那样狼狈、尴尬、羞惭和自卑。她睁大眼睛看他，泪珠沿着面颊滚下来。她心脏绞紧、绞紧，绞得她浑身痛楚。但是，她的头脑却清晰了，清晰得体会到自己的愚蠢、无知、鲁莽和幼稚。"顾飞帆，让开！"她咬牙说，"让我走！"

他往旁边退了一步，紧绷着的脸显得棱角更分明了，那张脸确实不是女孩心目里的男主角，他严峻得近乎冷酷。他不只让开了，而且还为她打开了大门。

"再见！"他僵硬地说。

她再看了他一眼，就飞快地冲出了那房门，直奔向电梯间。她听到他把房门砰然合上，那关门的声音震碎了她的心。她忽然凄楚地想到：他，顾飞帆，那个可恶的、残忍的、冷酷的男人——他把她那尚未成型的恋爱砸得粉碎了，碎成了飞灰，随着那夜风，飘散到四面八方去了！

好一段时间，访竹陷进一种前所未有的消沉里。

上课，念书，放学，回家……她的生活变得十分规律。每晚，她把自己关在卧室里，足不出户。她不看电视，不看小说，也不出门，更不去打电动玩具。那家"斜阳谷"，她已足足半个月没去过了。她常常放一张唱片——随便什么唱片——一听就是一个晚上。也有时，她什么都不做，就像呆子般凝视着那盏旋灯，神思却不知道飘游何处。

她消沉，消沉到了近乎绝望的地步。

她这种变化，使全家都注意到，而且惊悸关怀起来。明霞数度闯进她房里，不敢明问，怕那少女情怀经过刺探更易受伤。她那母性的胸怀中有个最恐惧的怀疑：一切因亚沛而起。姐妹两个爱上同一个男孩是很普通的事，访竹一向沉静，不善表达感情，不像访萍那样直率潇洒。而且，访竹的消沉和亚沛态度的明朗化，是差不多同时发生的事。一切很明显，为了亚沛！明霞也曾轻抚着访竹的头发、颈项，抚摸她那消瘦憔悴的面颊，低低地叹息着说：

"访竹，快乐起来！振作起来！看到你一天比一天瘦下去，全家都心痛！""哦，妈妈！"访竹立刻把面颊埋进母亲怀里，哽塞着说，"不要为我操心！我没什么，只是天气的关系。"

见鬼的理由！明霞不说，心中更难受。女儿的泪水湿透了她的衣服，烫得她五脏六腑都为之灼痛。孩子啊！有什么心事不能对母亲说呢？是了，她能体会。这牵涉到自尊、面子和那份姐妹之情。访竹不能说，有多少苦她也不能说，她只能把眼泪往肚子里吞。可怜的，可怜的，可怜的访竹！

纪醉山也非常烦恼，事业上的成功被女儿的愁苦完全冲淡了，尤其是他最喜爱的访竹。私下里，他和明霞数度讨论，答案都只有一个：为了亚沛——那该死的亚沛，他不去追求别家的女儿，却来扰乱纪家的生活！这种责难使明霞啼笑皆非，她叹着气说："公正一点儿，醉山。亚沛聪明能干，年纪轻轻已经当了工程师，人长得帅，脾气又好……这种男孩可遇不可求。你无法期望有更好的女婿了！"

"那么，他为什么不追访竹而去追访萍？"醉山气冲冲的，想都不想地说。"唉！你在说些什么？"明霞又叹气，"你别太偏心。访竹可爱，访萍也可爱，如果我是亚沛，我也会选择访萍！"

"为什么？""访萍爱笑爱闹，活泼又没心机，她是个好伴侣，容易带给人快乐。访竹深沉，心思多。她比访萍有深度，思想非常细腻，感情也非常脆弱……这种女孩很难相处。除非彼此能爱之入骨，彼此能了解对方的每根纤维、每个思想——而且都能引起共鸣。否则，访竹不会满意……事实上，亚沛大而化之，并不适合访竹！""那么，"醉山皱着眉问，"咱们怎么办？总不能眼看着孩子受苦。或者，叫访槐再去找个男孩子来！对了，我去和访槐谈！""你最好别闹得满城风雨，人尽皆知好不好？"明霞阻止了他，"访槐藏不住话，说不定去和亚沛胡闹，让访萍和亚沛的快乐也被破坏掉。算了，以不变应万变，时间会治疗一切。访竹还年轻，她会度过这段时间，她会忘记的，我跟你保证。但是，你千万别惊动访萍！"

第
四
章

　　访萍真的没被惊动吗？访萍真的没看到访竹的憔悴、落寞、苦楚和消沉吗？她比谁都更感受到了。姐妹之间，本来是无话不谈的，虽然各有卧房，却常常挤在一张床上，聊到天亮。但是，这些日子，访竹几乎不跟她说话了，事实上，访竹跟全家都不怎么说话。她躲避每一个人。尤其是亚沛，只要亚沛一来，她就像缕轻烟般卷进卧房里去了。访萍的想法和父母完全一样。她忍耐着，因为她不知道该怎么办才好，她和亚沛，刚从"友谊"的阶段跨进"爱情"的门槛，怎么也没想到"爱情"的滋味是如此甜蜜、温馨、狂欢而震撼的！如果访竹不是这样悲哀，她一定会把自己的感觉讲给她听。但是如今，面对访竹的消沉，犯罪感使她的爱情蒙上了厚厚的阴影。她歉疚、难过，为姐姐的痛苦而更痛苦，她甚至想放弃亚沛！不过，想归想，她却无法放弃亚沛，甚至不敢对亚沛提起访竹。如果亚沛真的舍妹妹而取姐姐，她不知道自己是否有风度做到"无动于衷"？

家中的气氛，由于访竹的关系而变得十分低沉了。访槐最近认识了公司里的一位女设计师——他在一家广告公司做事。那女设计师才跨出校门没多久，依然保持着学生的单纯和文静。访槐立刻对其展开了攻势。因而，十天有九天，他都不在家。家里少了访槐，就像少了好多人似的，因为访槐也是个会笑会闹、心无城府的人。全家只有他，没感觉到家中的"低气压"。这种气压像有无数绷紧的弦，张在室内，轻轻一碰都会引起断裂。

这晚，酝酿已久的一场风波终于爆发了。

起因，仍然是访萍跑到访竹房里去借衣服。这在两姐妹间是非常普通的事，本来两人的衣服就可以混着穿。访萍在衣柜前选衣服，访竹背对着她，只当没看见，坐在书桌前，捧着本书猛看。访萍打赌她根本没在看书，十分钟来，她连书页都没翻过。访萍心里有一肚子话想对访竹说，她多想打破姐妹间这层隔阂。

"访竹，"她想说的都没说，却说了句无关紧要的，"我能不能穿你这件绣花的小黑背心？"

这句话应该没刺激性吧？谁知道，访竹忽然从桌边跳了起来，飞快地卷到橱边，打开衣橱，她七手八脚地取下许多件她平日比较心爱的衣裳、洋装、背心、毛衣，包括那件白外套！她把一大堆衣服往访萍怀中塞去，简单明了地说：

"拿去！都给你！"访萍怔住了，呆住了，眼睛睁大了。

"访竹，"她喊，"你这是做什么？"访竹很快地说，脸色阴暗如山雨欲来的天空："你拿去可以穿给你喜欢的人看，我穿了只能给自己看！拿去吧！都拿去！"

她一面说，一面又把好多件衣裳塞进她怀里，弄得访萍满手都是衣裳，连肩膀上都搭着衣裳。

"访竹！"访萍忍无可忍，积压已久的懊恼迅速发作，何况她一向心直口快。"停下来！"她喊，"不要再乱发脾气了！"她跑到床边，把衣服都堆在床上，回过头来，她用双手握住了访竹的两只胳膊，开始摇撼她，眼泪在眼中打转，嘴里激动地吐出一连串话来："访竹！你要我怎么做？你不开心，你把全家都弄得不开心！我知道你的心事，我们不用打哑谜，这些日子来，你整天板着脸像大家欠了你的债！我欠你债吗，访竹？我能让发生的事不发生吗？我能让亚沛去爱你而不爱我吗？还是要我把亚沛让给你……"

访竹睁大了眼睛，微张着嘴，被访萍摇撼得头昏脑涨。但是，访萍的话却清楚地钻进了她的耳朵。她用力挣脱了访萍的拳握，退后一步，不相信地看着访萍。

"你在说些什么？"她震惊得声音低哑，"你……你以为我爱上了亚沛？""不要再演戏了！"访萍跺着脚大喊，泪珠滚在圆圆的小脸庞上，"我知道你也爱亚沛，不止我知道，爸爸也知道，妈妈也知道，全家都知道！可是，你要我们怎么办？世界上只有一个亚沛，我不能把他剖一半给你，剖一半给我！我也不能对亚沛说：去爱我的姐姐，不要爱我……即使我能这么做，亚沛会怎么想……""老天！"访竹喊着，脸色雪白雪白。这是怎样的误会！怎样充满"屈辱"性的误会！难道她被那个顾飞帆侮辱得还不够，还要在家庭中再扮演另一个"失恋"的角色？

　　她深抽了一口冷气，觉得自己简直要崩溃了。那积压已久的痛楚和欺侮也顿时发作了，她再也控制不住自己，张开嘴来，她神经质地大喊："你疯了！你以为全世界女人心目里都只有一个何亚沛？让我告诉你！我不爱何亚沛！一丝一毫都不爱！以前不爱，现在不爱，以后也不会爱！他在我眼睛里根本是个小孩子，除非扮家家酒，我才会喜欢何亚沛！你不要自作聪明，你更不要自寻烦恼……我发誓心里从没有何亚沛，如果我说谎，出门就被汽车撞死……""访竹！"访萍大叫，"不要发誓！"她用双手蒙住耳朵，"不要发誓！""我偏要发誓！"访竹怄得脸色更白了，眼睛里都冒着火，"如果我爱他……"她继续喊，"我出门就被汽车撞死，下楼梯就会摔死，开电灯就被电死……躺在床上都会被棉被闷死……""姐姐！"访萍哭着喊。她是轻易不喊她姐姐的，"不要说了！请你不要说了……"外面，明霞和醉山全被这阵喧闹给惊动了。他们奔进门来，明霞急促地喊："访竹！访萍！你们怎么了？"

访萍用手蒙住脸大哭。相反，平日动不动就流泪的访竹现在却一滴眼泪都没有。她的脸白得像纸，眼睛中却冒着火，掉转头来，面对着父母，激动地说：

"爸爸、妈妈，我现在才知道，你们全体对我有怎么样的误会！访萍说我爱上了亚沛，现在，爸爸妈妈，你们是证人，我说的每个字都是实话：何亚沛永远走不进我的世界，他离我有十万八千里远！别说他没追我，即使他追了我，一百年也追不上！"说完，她拿起桌上的一个小手袋，往门外就冲去。"访竹！"醉山嚷着，"你要去哪里？"

"我快被你们怄死了！"访竹说着，头也不回地走向大门，"我必须出去透透气！"明霞追到门口来："访竹！""放心！"访竹回头说，"我散散步就回来，我不会出任何事。如果出了事，岂不是应了我的赌咒了？所以，我不会让自己出事的！"明霞还想阻止，醉山拉住她，对她摇摇头。说："让她去走走吧！"访竹一把打开大门，直冲出去。她差一点儿和正要进门的何亚沛撞个满怀。亚沛惊奇地看着她，他从未见过她这样满面悲愤和满身怒气。访竹往旁边让了让，从鼻子里哼了一声，说：

"何公子，快进去，我家二小姐正为你哭呢！"

"为我？"亚沛大惊，"怎么了？"

"她怕你会移情别恋！所以，"她一本正经，严厉地盯着亚沛，"如果你将来有个三心二意，对我妹妹有一丝一毫的不忠实，我第一个不会饶过你！"

说完，她头也不回地冲进电梯里去了。剩下亚沛和醉山夫妇面面相觑。亚沛完全是一头雾水，莫名其妙，他直问："顾伯父，怎么回事？怎么回事？"

"进来吧！"醉山说，看了明霞一眼，"我想，我们真的弄错了！完全弄错了！"

访竹下了楼，走出大厦，街上的冷风迎面而来，她不禁打了个寒战。这才发现，自己一怒出门，居然连件毛衣和外套都没拿，而现在已经入冬了。她摸了摸手臂，身上只有件黑丝衬衫和一条小红格的裙子，双腿冷得发颤。她顺着街道走了几步，寒风一直瑟瑟然在街道上穿梭，如果她再不找个地方避避风，她准会应了誓："被冷风吹都吹死！"

她去了"斜阳谷"。那儿有小蜜蜂，有火鸟，有飞碟，有吃豆子的小精灵。她可以逃避到机器上去，忘掉这所有所有的"屈侮"！一走进"斜阳谷"，她就怔住了，怎么，又碰到熟人了！冠群和晓芙赫然在座，她四面张望，还好，顾飞帆不在，如果他也在这儿，她只能马上掉头而去，那么，这个世界上，简直连她置身之地都没有了，连避风之处都没有了！

　　晓芙首先看到她，立刻对她露出一个温暖而友好的微笑，招招手说："过来跟我们一起玩吧！你瞧，都是飞帆害人，把冠群带来见识什么电动玩具！现在，这个疯子入了迷，每晚来报到，我拿他一点儿办法都没有！"

　　冠群正埋头苦干，头也没抬，这时，蓦地冒出一句大叫："三万四千两百分！你看你看，晓芙！我破了纪录了！三万四！我说今晚一定会破三万大关吧！可不是？"他总算看到访竹了，心不在焉地应酬了一句，"哦，访竹，亚沛也来了吗？"

　　活见你的大头鬼，访竹心想，难道你也以为我是你弟弟的女友吗？她暗中咬牙冷冷地说："亚沛和访萍在一起，我是访竹，别弄错了。""哦？"冠群诧异地看了她一眼，不知道这女孩在生什么气。但是，那蜜蜂阵正等着他去消灭，他无心去研究访竹了，又低头猛发起子弹来。"坐呀！"晓芙对她说，敏锐地注视着她。短短一个多月不见，这女孩怎么憔悴如此！而且，她失去了那份曾经让晓芙惊叹的安详与恬静。她眉尖有怒气，眼底有哀愁，那薄薄的衣衫裹着的是个不胜寒瑟的躯体。晓芙是女性的，是敏感的，是解事而具有领悟力的。她一眼就看了出来：这女孩如果不是恋爱了，就是失恋了。这，会与亚沛有关吗？她沉思着。访竹不想和冠群夫妇坐在一起，她不要和任何熟人坐在一起，尤其是何家的人，又是顾飞帆的朋友！她要远离他们！她看了看咖啡厅，指了指遥远的一个无人的角落："我习惯那张桌子。"她说，"我去玩我的，你们玩你们的！"

她径直走向那角落，在一张电动玩具桌前坐下，是一具名叫"小幽灵"的玩具。那些"幽灵"正锁在画面正中的笼子里，在那儿蠢蠢欲动。

侍者走来问她喝什么。她看着饮料单，觉得有个饮料的名称很符合现在的心情，她想也不想地说："血腥玛丽！"

血腥玛丽送来了，她啜了一口，才发现居然有酒味，她从来也没喝过酒。但是，那冲进胃里的热力把她刚刚在屋外受的寒气驱除了不少，她就再大大地啜了一口。然后，她低头玩起"小幽灵"来。"幽灵"开始沿着迷魂阵般的道路奔驰，四个"小幽灵"从四面八方来夹杀她。很快，她的"幽灵"被一个"红幽灵"一口咬住，那"红幽灵"还发出"呱呱"的得意之鸣，她暗中诅咒，再开始一局。

她一局一局地玩了下去。侍者又来问她喝什么，她再叫了杯血腥玛丽。于是，她也一杯一杯地喝着血腥玛丽，喝得浑身都热了，额上也冒汗了。她和四个幽灵苦斗，你追我逃，我追你逃，忙得不亦乐乎。她心里沉甸甸地压着怒气，她还在极端的悲愤和刺激中，她要干掉那些幽灵，要一个一个地吃掉它们！偏偏，她总是走上绝路而被四面夹杀。她很生气，很绝望，她认为自己就是那颗黄色的"小可怜"，总是逃不出"被吃掉"的命运。她握操纵杆的手因用力而发痛了。

忽然间，有个阴影遮在画面上，有人坐到她对面来了。讨厌！她想，抬起头来，对面却赫然坐着那个她最不想见，最怕见，最痛恨，最要逃避开的人——顾飞帆！

她闭了闭眼睛，吸口气。我眼花了，她想。我喝了酒，她想。绝对不是他！绝对不要是他！老天！请你不要让这个人出现！她再睁开眼睛，顾飞帆仍然定定地坐在那儿，定定地望着她，眼珠深黑如井，会把人吞进去，让你永世不得超生！她再吸气，抓起那杯"血腥玛丽"，正预备大大地干它一杯，可是，突然间，他的手就压住了她握着杯子的手，压得又紧又用力，他的声音里带着命令意味："不许再喝这个！"

不许？他有什么资格"不许"她做什么。她注视他，心里恍恍惚惚的，有些不真实感。他已伸手叫来侍者："给她一杯冰茶，给我一杯黑咖啡。"

那么，真的是他了？该死！她在心中咒骂。世界那么大，你哪儿不好去？跑到斜阳谷来做什么？这儿是我的地盘，是我最先来这儿玩的，你们一定要逼我出去，像那些幽灵逼那颗小黄豆似的，逼得它走投无路吗？

他从她手里取走了那杯"血腥玛丽"。

冰茶送来了。他把茶杯直送到她唇边。

"喝一点儿！"他依旧是命令的，"会让你舒服一些！你一定开始头晕发热了，是不是？"

不喝！不喝！偏不喝！谁要你来！谁要你来管我？她的身子一偏，半杯冰茶都洒在衣襟上，又冰，又冷，又湿，她悚然地打了个冷战，脑筋有些清醒了。思想就疯狂地奔驰起来，那受创的感情蓦地回首，像那桌面的小幽灵一般，一口咬住了她，咬得她又痛又惊又怒又无处可逃。

"你来做什么？"她开了口，语气里带着怨恨、愤懑，和极深极切极沉重的绝望，"我不认识你，如果你无意间走进来看到了我，你也不该过来！我不认识你！"

"我不是无意间走进来的，"他说，盯着她，她的憔悴和绝望像鞭子般抽痛了他的心脏，"我有事找冠群，"他解释着，"他说他在这儿，我打电话来找他，晓芙告诉我，你一个人坐在这儿喝血腥玛丽！所以，我来了……"他蹙紧眉头，眼底的火焰在跳动，他下颔的肌肉绷紧了，似乎在努力压制某种思想。她看着他，即使是在半醉的头晕目眩中，也可看出他正陷在一份矛盾的挣扎里。"我不是无意间进来的，"他终于说出来，"我是为你而来的！"

"哦！"她轻哼着，"你为我而来？你来看一个会打十二通电话的坏女孩，怎样度过她的晚上？好，你看到了！"她点点头，开始感到酒意的发作了，她眼前的他，忽然变成了好几个，她笑了，"你看到了。"她那含笑的眸子里蒙上了泪雾，"你看到了。我坐在这儿打小幽灵，那些幽灵一个个过来咬我，它们就是这样……"她吸吸鼻子，想哭，"他们逼得我无路可走！我……从家里逃出来，你又在这儿围堵我，何苦？为什么不饶了我？我说过，我错了！我向你认过错了，是不是？我再也不愿意见到你，你为什么来？你为什么要提醒我受过的侮辱和嘲笑？你为什么……"她说不下去，晕眩征服了她，绝望、悲痛和耻辱征服了她，她已经弄不清楚自己在说什么。她的头俯了下去，伏在桌面上，把面颊埋在臂弯里，开始低声地饮泣。无助地、压抑地饮泣。

她那啜泣声撕碎了他最后的面具，震痛了他的神经，他望着那单薄的耸动的肩头，那浓密披泻的黑发……他咬紧牙关，站起身来，一语不发地脱下自己的上衣，披在她那颤抖着的肩头上。她倏然惊动，抬起头来，她把那上衣推落到地下，凄怨而恼怒地看着他。"不要惹我！"她低语，"走开！请你不要来惹我！让我还保留一点点自尊，行不行？"

他由心底发出震颤。老天！他对她做过些什么事？他已经毁掉她所有的自信、尊严和恬静了。他俯下身去，拾起外衣，再披到她肩上，他在她身边低语了一句："你醉了，让我们离开这儿，好吗？"

"不好。"她伏回到桌面上去，轻语着，"不要惹我，全世界，我最不要见到的就是你！我不要见你！我不要！我不要……"她的声音低弱了下去，意识在涣散，她开始反胃、想吐，脑中是许多小蜜蜂的俯冲爆炸声，轰轰轰，炸碎她所有的意识，她不能思考了。冠群夫妇走过来了，他们一直在远远看着。

晓芙注视飞帆，后者那憔悴痛楚而矛盾的眼神那么熟悉，那么似曾相识，那么泄露了一切。她恍然了，记起第一次在这儿见到访竹的情形。晓芙弯下身去，看着访竹。

"她醉了，"她说，"飞帆，我们必须把她带出去，让她找个地方躺一躺。"她想扶起访竹，访竹挣扎着，东倒西歪。

飞帆苍白着脸，坚定地走过去，不顾咖啡厅里那些好奇的目光，他把访竹一把横抱了起来，用自己的上衣裹着她。他对冠群说："你去结账，麻烦你们陪我把她送回家去！"

"这样子送回去吗？"晓芙说，"用用脑筋吧，飞帆！"

访竹想挣扎，她还有一些剩余的意识，她想说话，可是，一阵晕眩征服了她，她的头歪向那结实而坚定的臂弯里，什么挣扎的力气都没有了。

访竹并没有醉到完全人事不知的地步，恍惚中，她被抱进了一辆汽车，车子的颠动摇晃引起了她强烈的反胃，她直想吐，但她还有意志力去克服那想吐的感觉，不能弄脏别人的车子。但是，当她又被抱出车子，冷风再一吹，她就更想吐了。终于，她被抱进一间客厅，再也克制不住，开始大吐特吐起来。恍惚中，有好些人在为她忙着。晓芙、冠群，还有那个猎老虎的人！恍惚中，她闹得天翻地覆……恍惚中，她哭着说着呻吟着，又恍惚中，她在笑，笑访萍和亚沛，笑那十二通电话……再恍惚中，她在低低诅咒，诅咒那些围堵着她的小幽灵……有人用冰毛巾压在她额上，她被强迫地喝了些什么，有人把她抱上一张床，用棉被盖住她。这是什么地方？她迷糊地想着：不行，我要回去，妈妈爸爸会急死，我要回去……但，她的眼皮好沉重好沉重，睡意像驱不散的恶魔，她无法抗拒，闭上眼睛睡着了。

她似乎立刻就醒了，睁大眼睛发现自己躺在一张陌生的床上，有空空的墙和一盏很可爱的藤制吊灯。这是什么地方？糟了！她该回家的！她翻身欲起，立刻，有只温柔的手把她的身子压回到床上。她看到晓芙，晓芙正对她温暖地、体贴地、细腻地微笑着。"醉酒的滋味很难受，是不是？"她温柔地说，"看你那样一杯杯地喝血腥玛丽，我就知道你不会喝酒。当时就该去阻止你的，免得你受这么多罪！"

访竹扫视室内，没有其他人，她有些放心了。

"这是哪里？"她的声音依旧涩涩的，喉咙干燥，

"是你家吗？我一定把你家弄得乱七八糟了！"

"不。"她体贴地递了一杯冰水给她，"先喝点水！多喝几口！"她连喝了好几口，酒意更消减了，脑筋更清楚了，她环室四顾，这屋子有什么熟悉的地方……她的心怦然一跳，不要，她的脸发白了。"这是哪里？"她再问。

"是飞帆的卧室。"晓芙说，微笑着，"我本想带你去我家的，但我家又是孩子又是朋友……恐怕不方便，就只好带你来这儿了！"她咽了一下口水，掀开棉被，想坐起来，一阵头晕使她身子直晃，晓芙立刻把她按回到床上。

"躺着！"她像个体贴的大姐姐，"你放心，我已经打电话给你爸爸妈妈了。我告诉你妈我在斜阳谷碰到你，你的情绪不太好，喝了点酒，不想回去，所以我带你到我家了！"

"你……"她惊奇地，"怎么知道我不想回家？"

"你说的！"她笑了，"醉酒的人总会说些心里的话，你一直说不回家，不回家，不回家……"

"哦！"她失魂落魄，老天！她还说过些什么？看了看手表，怎么，都已凌晨两点钟了，"我妈怎么说？"她急促地问，她从没有通宵不回家的记录。

"她要我照顾你一下，和你谈谈，要你明天再回去。当然，亚沛也在你家，向你妈打了包票，说他大嫂是世界上最会照顾人的人！"

"哦!"她轻应着,心中茫茫然地涌上一层愁苦,再看这房间,她又惊悸地震动了,"不行,我不能待在这儿,我还是马上回家去!"她又想翻身起床。

她再度压住她,笑意和了解明写在她眼睛里。

"不行。访竹。有人等了整个晚上要和你谈话!"

访竹惊慌地看她,伸手一把抓住她的手。

"你别走!"她嚷着,"我不要和别人谈话!"

"你要的。"晓芙诚恳地说,把她的手放回棉被上,站起身来,她低头看她,"你也应该和他谈谈。"她转过身子,翩然走向门边,打开卧房门,她回头再看她一眼,"我今晚也不回去,这里有好多卧房,我去睡觉了,明天,我负责把你送回家!今夜,你必须依我,和他好好谈一谈!"

她走出去了。访竹瞪着那扇卧房的门,心神又变得恍恍惚惚起来,这是怎么回事?为什么自己在这儿?为什么不在斜阳谷玩电动玩具?为什么不喝柳丁汁而叫了那该死的血腥玛丽!她正出神中,房门开了。顾飞帆走了进来,两眼直直地望着她。她心脏狂跳,喉咙紧缩,一转身子,立刻把头转向床里面,用背对着房门。她不要见他!在全世界,最不要见的就是他!

第五章

房门合拢了。飞帆走到床边，坐在床沿上，他伸出手去，扳住她的肩头，试着要让她转过身子来，他低唤了一声："访竹！"

这一声呼唤那么温柔，温柔得让人心碎。她眼睛一热，泪珠已盈满眼眶，而且夺眶欲出了。她心里的怨恨、委屈、愤怒、绝望……都在这一声呼唤中化为最深切的心酸和最无奈的悲痛。她的身子被他扳转了，透过那盛满泪雾的目光，他的脸像浸在一池秋水中，那么模糊而遥远。

他在她的泪眼凝视下震撼，顿时心痛如绞。怎样的目光！怎样含愁含怨含悲含怯又含情的注视！他崩溃了！那铜墙铁壁般的堤防却被两小滴泪珠所冲垮，所淹没，所摧毁了。他忘形地握住了她的手，那手轻盈纤柔，无力地躺在他的大手中，她似乎挣扎了一下，却又放弃了。一任他握着，一任他注视着，她带着种悲伤的、被动的温柔，躺在那儿静静地凝视他。"访竹，"他低语，"原谅我！"

泪珠从她的眼角滚落，那眼睛大大睁着，乌黑的眼珠一瞬也不瞬地瞅着他。"原谅你什么？"她的声音轻飘飘的。

"原谅我的懦弱、自卑、矛盾和畏缩。"

她睁大眼睛更深地看他，眉端轻蹙。那眉头，那眼睛！他突然想起"水是眼波横，山是眉峰聚，欲问行人去那边，眉眼盈盈处"的诗句。谁的句子？不管他！如今，他面对这"眉眼盈盈处"，他知道，他完了！这就是他要去的地方！自从离开微珊后，这是他第一次这样完完全全地被融化，被瓦解，他叹了口好长好长好长的气。

"访竹，你这么年轻，这么美好，这么纯洁……"他由衷地说，"你为什么偏偏遇到我？"

她不语，继续看他。"你知道我在你面前，有多么自卑吗？"他再说，"你知道我已经是个不能爱、不该爱的男人吗？你知道我命中是爱情的刽子手，我曾经严重地伤害过别人，也严重地被伤害过，我发过毒誓——这一生，再也不爱人，也不被人爱！"

她瞅着他，泪痕已干，神情专注。这一定睛凝视，她才发现他瘦了，那么消瘦、孤独。他的眼神不再凌厉，而是热烈中混合着酸楚，乞谅中混合着挣扎。他的语气低微、诚恳，每一个字都像从内心深处挖出来的，还滴着血的。他的下巴上，一夜未刮的胡子像雨后的草地，杂乱着一片青葱……哦，这个男人！他确实不是女孩子心目中的英雄。但，她却那么深深地淹没在他的一切一切之中——包括他的冷酷、凌厉和罪恶——如果有罪恶的话。她眨眨眼睛，无法说话。顾飞帆，顾飞帆，如果你真的再也不爱人，也不被人爱，你就该躲在你那印度的丛林里，根本不要回来！

"我一直不敢再提我的过去，"他又说，握紧了她的手，盯着她，因了她那长久的沉默而担忧，他叹息，有些焦灼地说，"或者，你已经不想听了。"

她无法沉默了，扬起睫毛，让目光和他的缠在一起，她一直看到他眼睛的底层去。"那些女孩，"她轻声问，"都伤害过你吗？"

"不。"他坦白地说，眉头缠结，回忆显然是条毒蛇，在凶猛地啃噬着他的心脏，"最起码，微珊从没有伤害过我，是我伤害了她。""微珊？"她怔了怔，本能地重复着这名字。

"微珊，"他咬了咬嘴唇，唇上立刻留下几个好深的牙齿印，"邓微珊，她是晓芙的同学，也是我的同学。十年前，我念国贸，微珊在外文系，是以社会组状元考进大学的，你可以想象她的才华。她并不是只会念书，还聪明沉静，美丽大方，自然就成了外文系系花，追求她的男同学可以组成一连军队。"她瞅着他。微珊——她心中低念着这个名字——邓微珊，见鬼，她在嫉妒她！"我在国贸打篮球，拉小提琴，演话剧，办社团，除了念书之外，什么都做。"他盯着她，"你听说过大学里有留级生吗？我就是一个！别人念大学念四年，我的大二就念了两年，然后，微珊来了。我和她吃过两次饭，看了三次电影，就整个儿掉进去了。我想，我疯了，她住在宿舍，我整晚在宿舍外拉小提琴给她听，一直拉到天亮，我送玫瑰花，送得整个女生宿舍连舍监屋里都堆满了花。我写情书，把情书写在落叶上，写在糖果上，写在火柴盒上……恨不得写在我的皮肤上，连我的皮一起剥给她……"

访竹咬牙，老天，她嫉妒她！

"微珊本来是看不起我的，她的追求者太多了，她出自书香门第，雅洁脱俗，飘然出尘。她认为我太不务正业，太不用功，也——不容易专情。我不理她的冷淡，苦追又苦追，你不知道我追得有多苦。我疯了，我真的为她疯了，如果得不到她，我想我非死不可。到大四的时候，我的痴情总算打动了她，她对我说，如果你这学期考第一名，我嫁你！老天，那时期中考已经结束了，我有三门当掉，如何去考第一名？我没反抗，回家起就死啃书本，那学期我以全校第一名毕业。后来我服完兵役，微珊就嫁给了我。"

访竹吸了口气，老天，我嫉妒她！

"娶到了微珊，我应该是世界上最幸福的人了。我们也确实过了一年的神仙生活，然后，父亲的公司出了事，他代理进口棉花加工，美国方面的厂商忽然停止了我们的代理合约，这会逼使我们破产，为了查明真相，父亲立刻派我去美国。你对商场的竞争和黑暗了解不多，我也不详细说。总之，我在纽约和那厂商谈判失败，眼看工厂就会倒闭，我灵机一动，此处不留人，必定另有留人处！我看中了另一家更大的厂商，那产业的主人是意大利的美籍移民，我开始争取外销代理权。在争取的过程中，认识了那老板的女儿黛比。一个十足性感的小野猫，她对我兴趣浓厚，我当时想，黛比明知我结过婚，这只是一场游戏。但我不敢得罪她，怕影响到我们的代理权。事实上，黛比风流成性，她的男友，什么国籍的都有，除了东方人。或者，她只是想在她的收集中再加一项。这是场游戏！但，我错了，这不是游戏。有一天早上，我住在旅馆中，才起床，黛比父亲的两个保镖就来找我，说老头子请我去谈话。两个保镖都随身带着枪。我司空见惯，也没有怀疑，谁知一到那老头子的豪华住宅，就看到宾客盈门，我走进大厅，立即乐声大作……"他停住了，注视着访竹，诚恳而沮丧地说，"你简直不能相信这种事，如果写成小说，别人都会骂我编故事！你知道他们在做什么？那是个婚礼！两个保镖一人一边押着我，枪顶在我的背脊上，我想挣扎，想逃跑，但，那保镖在我耳边警告我别动，而且，在我耳边说了句：'黛比会厌倦的，三个月之内你就可以离婚，急什么？'那种场面下，我的震惊已经超过了一切，连思考的能力都没有了。一位神父出来，几句我听也听不懂的意大利话讲过之后，我就算是和黛比结了婚！"访竹的眼睛睁得好大好大，瞪视着飞帆，到这时，才喃喃地、急切地插了一句嘴："那你岂不是犯了重婚罪？微珊又怎么办？"

"意大利人才不管我在中国有没有太太，黛比也不管！结婚当晚我就和黛比大吵大闹，黛比笑着说，如果你这么不喜欢我，马上就可以离婚，不要你付赡养费用。你不知道美国那赡养费的可怕！老头子为了安抚我，表示可以给我代理权了！这种方式得到代理权，我还能做人吗？我一怄之下，代理权也不要了。就去找律师，希望解决我的困境，律师表示，婚礼完全合法，这是国际与国际间的法律漏洞，所以，很多国内已结过婚的人，在国外仍然有合法妻子！我真气坏了，而且，我发现黛比必须结婚的真实原因——她有了孩子。"

他停住了。她正视着他，低问："是你的孩子吗？"

他迎视着她的目光，坦白地回答："很可能是我的，连黛比都相信是我的。所以……我难辞其咎，我不是柳下惠，二十几岁的年轻人……不，我不能推卸责任，反正，是我的错，我没有拒绝诱惑。"

　　她凝视他，他的脸色激动，眼神里又有那种阴郁、凌厉和沮丧。"我写了封长信给微珊，想把经过告诉她，请她谅解并等我解决问题。哪知，我的信还来不及寄出，台湾的报纸已发布一则花边新闻，我至今记得那标题：'留学生遗弃糟糠妻，新大陆盛礼迎新人'。其实，我也不是留学生，报道里错误百出，黛比被写成仅次于欧纳西斯的富翁之女，我是追求金钱和美人的败类！当然，报道中把我挖苦责备得体无完肤。这报道一出，微珊的处境可想而知，我打长途电话回去，她完全拒绝听，父亲则再三叮咛，亲友们议论纷纷，对我责难极尽，家里已闹得人仰马翻，叫我暂时待在美国，不要回去。事实上，我也无法回去，因为黛比扣留了我的护照。

　　"两个月以后，微珊寄了一封律师信给我，法院判决了我和微珊的离婚。在信中，微珊只附了一张纸条，上面写满了相同的两句话：'我活着，永远不要见你的面，我死了，愿化厉鬼报复你！'

　　"不用多说了，她对我仇视之深，已没有解释可以澄清误会。当时，我陷入了困境，已经心灰意冷。对黛比，我如何能爱她？我真是恨她，恨她全家！我不接受那代理权，终于说服了原来的厂商，把代理权还给了我们。"他停了停，深思着，"你相信吗？访竹？一直到最近，我才知道这代理权还给我们，还是黛比的父亲去说的，是那老头在暗中帮了忙。"访竹坐起来，靠在床背上，她动容地看他。

"我相信，"她说，"那意大利老头是真心喜欢你，真心要你当女婿的。""可能。"他说，"但是，我和黛比的关系已经越来越糟了，我不想见她，天天躲出去，酗酒买醉，有一阵子，我几乎变成了酒鬼。然后，黛比的孩子生了下来，居然是个黑孩子！这使我气得快疯了，我破口大骂，骂尽了我知道的英文、中文、意大利文的各种脏话！黛比的父亲也呆住了，原来，那老头也深信孩子是我的！第二天，我请律师办理离婚，老头没有刁难，黛比也无话可说，于是，我结束了这第二段荒谬的婚姻。"他垂着头坐了一会儿，好半天，才又抬起头来。

"这时，家里来电，我父亲去世了。我仓促回家，办理父丧。我是独子，母亲去世很早，我们父子感情很好，父亲的去世对我是个很大的打击。我连遭婚变，又逢父丧，心情之恶劣，可想而知。好在那些年纺织加工是最热门的行业，工厂和外销的情况都好，父亲手下的几个老人也都非常能干，每件事都有专人管理，我还算清闲。办完父丧，我去找过一次微珊，微珊的父亲见到我就跑去抓了把菜刀要杀我，她母亲居然对我跪下来，哭着说：'你饶了我们微珊，再也不要来找她！'然后，他妹妹才告诉我，她到欧洲去了，有男朋友，快结婚了，叫我不要再去破坏她的生活。当晚，我去了中山北路一家酒廊，有个小酒女名叫燕儿，我喝得烂醉如泥，燕儿始终照顾我，我在那酒廊里连醉一星期，燕儿也连续照顾我一星期，然后，有一晚，有别的客人叫燕儿陪酒，我大为生气，不许她过去，我在酒家大打出手。醉得路都走不稳，我说：'燕儿，我是结婚专家，你嫁我吧！'第二天，我仍然没有酒醒，就带燕儿去法院公证结婚。娶了我的第三任妻子。"

他停了，望着她。她早已听得目瞪口呆，这些故事，简直让人不能相信，他说得历历如绘，她听得痴痴呆呆。他握紧了她的手，又把她的手放在棉被上，他轻轻抚摸她，叹了口悠长的气。"我和燕儿的婚姻只维持了六个月。当我酒醒之后，我就知道又错了，又大错特错了！燕儿并不坏，但，她没受过教育，又出自风尘，我和她几乎无话可谈，没有一点点心灵的沟通。我常常不相信自己会娶她，从微珊到燕儿，我的婚姻是每况愈下，我痛恨自己，厌恶自己已达极点。燕儿不笨，她知道我娶她，只因为我醉了。六个月后，她也耐不住寂寞，主动提出离婚，我给了她一笔钱，了结了这件事。然后，我开始沉思，我觉得自己已经不可救药，已经完全迷失了。我想，如果我不把自己找回来，我迟早会进疯人院。于是——我去了印度。"他幽幽地看她，"以后的事，你应该都已经知道了！"

她定定地凝视着他，看了好久好久。从他那浓黑的头发，看到他那纠结的眉头，从他那灰暗的眼睛看到那满是胡子楂的下巴，从他那大大的喉结，看到他放在棉被上的手……她这长久的注视使他心慌而意乱了，他忍不住问："你在看什么？"

"一个传奇人物。"她说，抬起睫毛，两人的目光又接触了，她低问，"在印度，你没遇到过那儿的女孩吗？"

"噢，"他怔了怔，"当然有，怎么了？"

"好险！"她说，"你很可能再娶个印度女孩！"

他的脸色转红了，因她的调侃而红了。

"在印度的蛮荒里，你喝不喝酒？"她又问。

"喝的，也喝印度人的酒。"

"更险了！如果喝醉了，说不定把母老虎母猩猩都娶回来了！"他睁大眼睛瞪她，"你……"他说不出话来，狼狈、惭愧，而无地自容。

"你在嘲笑我！"终于，他颓然地说，"我早知道不该去提那些事，它们只会帮助你来轻视我！"

他回过头去，站起身子，想离开这房间。

她一把握住他的手，"你去哪儿？"她问。"去客厅。你可以睡一睡，"他的声音竭力维持着平稳和冷淡，"明天一早，我就让晓芙送你回家。"

她拉住他不放手。"客厅里还有谁？"她问。

"没有人呀！晓芙和冠群睡在客房里。"

"那么，你去客厅做什么？那儿又没女孩子在等你！"

她仰起头，满面嫣红，双目如醉，面颊如夕阳烧红的天空，目光像黑夜闪烁的星辰，"你要走开，从我身边走开……"她幽幽地说，声音轻柔如原野的微风，吐气如兰，"你看过太多女孩，又娶了好多女孩，所以，我在你的目光里，轻微得像一粒沙尘，渺小得不如一根小草。我自己也知道，我幼稚、无知、任性，又一厢情愿！可是，顾飞帆，你命中注定会有女孩子缠你，你……你……你……"她嗫嚅着，脸更红了，羞涩、腼腆，却柔情如水，"你无法轻易摆脱我！"

"访竹！"他喊，热烈、激动、心脏狂跳。他回过身来，一下子就坐在床边，迅速地拥她入怀。"访竹，我还能再爱吗？我还有资格吗？还有资格吗？你那么好，那么纯，那么年轻，我有资格吗？我有吗？"他一迭声地问着，"你不轻视我吗？不把我看成怪物吗？""哦！"她叹息着，"我轻视的！"

"是吗？"他的下巴靠在她的头发上，把她的头压在自己胸前，他不敢去看她那光洁的脸庞，"轻视我？"

"是的！"她低语，低而清晰，"轻视像你这样一个堂堂男子汉，居然不敢面对你的感情！而我……"她在他怀中颤抖了一下，这颤抖使他悸动，"你不知道我是多害羞的，多被动的，多保守的！而我，当感情来临的时候……我……我还有勇气去拨十二通电话……然后，让别人来侮辱……"

他用手一把蒙住她的嘴唇，用另一只手托着她的后脑，让她的脸仰向他。他的目光灼热地盯着她，脸色由苍白而涨红了。"别再说！"他喉咙沙哑，"别再说！那个混蛋并不是侮辱你！他只是——怕害了你！他自卑，怕伤害你！他那么怕伤害你，就只能说些混账话了！但是，他——受过报应了！"

她被他蒙着嘴，不能说话，她的目光在问他："是吗？"

"是的，是的，是的！"他急促地，一迭声地说，"他受过报应了。从那一天起，他每一分每一秒都在懊悔与煎熬中度过，你不知道他有多苦！你不知道！"

她的眼睛绽放着光彩，有泪珠流转："水是眼波横！"她的眉头微蹙着，"山是眉峰聚！"

他的手从她嘴唇上移开，她唇边涌现一个微微的、动人的、细腻的微笑，他盯着那笑容，不由自主地俯下头去，几乎带着种虔诚而神圣的心情，把嘴唇轻轻轻轻地盖在那个笑容上面。

接下来的日子，像一杯由甜酒和蜂蜜混合起来的饮料：香醇、甜美，醺然而温暖。少喝，让人周身舒泰；多喝，让人醺然薄醉。访竹一下子就变了一个人，她不再蜷缩在小屋中听音乐，不再把自己深埋在书堆里，不再为不相干的人掉眼泪，不再和访萍起任何争执。她变得温存、爱笑、爱脸红，对每个人都浅笑盈盈。她浑身上下，都满溢着某种看不见的幸福，她也毫无吝啬地顺手把幸福洒给别人。她会无缘无故地拥抱父亲，亲吻母亲，再用自己最好的衣服去打扮妹妹……甚至对访槐，她都关心备至。知道访槐追女朋友追得很苦，她甜蜜地叹着气，贡献她自己的意见：

"你有没有试过把情书写在落叶上给她？"

"把情书写在落叶上？"访槐哇哇大叫，"这是二十世纪呢！""二十世纪的女孩，和十五世纪都一样，"访竹悠然出神地说，"爱情永远一样：有三分诗意，三分疯狂，三分幻想，再加三分激情！""你爱过吗？"访槐追问。

访竹微愣，眉端带笑，眼角含颦，然后脸颊绯红着，翩然转身逃跑了。访槐笑着对父母说："我打赌，她在恋爱！"

醉山和明霞也明显地看出来，访竹变了！前一天还哭哭啼啼诅咒发誓……后一天就盈盈含笑如沐春风……是谁让她变了？是谁有那么大力量，让那个多愁善感的小女孩，在一夜间变成温顺可人的小天使。明霞有些想打电话问晓芙，又怕此事与晓芙无关，反而弄得别人心生疑惑。亚沛比较理智，他很合理地推测："访萍，你姐姐是不是常常留在学校里了？"

"是呀！"访萍说，"她下了课总有理由留在学校忙到晚上才回家！""不知道是哪个男同学的福气了！"亚沛笑着。"知道吗？访萍？恋爱会传染！我们的亲密一定刺激了访竹，所以，她也会很快地接受某个男孩。唉！"他忽然夸张地叹气，"你瞧，她最近变得更美了！美得让人着迷。当初，唉，我真该一箭双雕，把你们两姐妹都追到手才对！"

"啊呀！你说些什么鬼话！"访萍大叫，顺手拿了一本杂志，卷成一卷，劈头就对他打过去，"你做梦，你还想追我姐姐呢！也不照照镜子，你这副蛤蟆相，顶多配配我，怎么配得上我姐姐……"亚沛慌忙逃开，用手去挡那杂志，访萍只是一个劲儿追着打，亚沛绕着客厅的沙发逃，访萍绕着沙发追。亚沛边逃，嘴里还不住口地开玩笑：

"别打别打，再打，母蛤蟆就没有公蛤蟆了！""什么母蛤蟆？""你说我是蛤蟆相，只能配你，你当然是母蛤蟆了！人家是龙凤配，咱们就叫蛤蟆配……"

"你……你……你……"访萍一怒，干脆把手里的杂志卷对着亚沛的脑袋砸过去。亚沛闪开，那杂志卷不偏不倚地落在小茶几上，把上面一个细瓷花瓶打到地上，"当啷"一声，花瓶跌得粉碎。同时，屋里的醉山夫妇都被惊动了，全奔出来惊问："什么事？什么事？"访萍和亚沛互相观望，访萍红了脸。亚沛忙不迭地笑着弯腰："刚刚不知从哪儿跑进来两只蛤蟆打架，把花瓶给打倒了。""蛤蟆打架？"醉山困惑地问。

"得了得了。"明霞笑着拉住醉山，"咱们别去管蛤蟆打架吧，做我们的事去！"她回头瞅着访萍，似笑非笑地，"你最好转告那两只蛤蟆，打破了花瓶不要紧，可别把电视也砸了。"

醉山会过意来，瞅着小两口只是笑，笑得访萍和亚沛的脸都红了。醉山说："我看，不是蛤蟆打架，是螃蟹打架，不但是螃蟹，还是煮熟了的螃蟹呢！""怎么讲？"明霞不懂。"不是煮熟的螃蟹，怎么会脸红呢！"醉山说。

明霞笑了，访萍和亚沛更加脸红了，真是像一对煮熟的螃蟹了。

在纪家，访萍和亚沛正充分享受着他们的青春和欢乐。同时，在顾家，也有另一番滋味。

访竹斜倚在沙发中，冠群和晓芙也统统在座。每个人面前都放着一杯热腾腾的茶，本来，飞帆想喝点酒，但是，访竹鉴于他以前有连醉两周，醉到去"结婚"的"发昏"历史，央求他最好戒酒。于是，飞帆连点滴小酌，都不太敢了。而访竹，自从有"血腥玛丽"的经验，更是滴酒不沾。晓芙端着那杯翠绿而透明的茶，闻着那绕鼻而来的茶叶香，不禁点着头，瞅着访竹微笑："访竹，幸亏有了你，否则，我们在飞帆家里，想喝杯茶可是件难事！你不知道这人有多懒散，住了几个月的家，可以没茶叶、没开水、没煤气，连书报杂志……都找不到！"

"不是懒散，"飞帆解释着，他正斜倚在窗前，站在那儿，带着种深深的、沉沉的激情，注视着斜靠在那儿、眼波盈盈如醉、眉端清秀如画的访竹，"只是没有情绪，你不了解，那时的我，只算半个人，连半个都不算，因为连那半个都是半死不活的。""现在呢？"晓芙调侃着，从沙发里站起来，把茶杯放在桌上，她那心直口快的毛病又来了。她一直走到飞帆身边，盯着他："我以为，你永远不会再恋爱了呢！我以为……什么不够格的女孩你看不上，好女孩你又配不上！哦哦，飞帆，任何话都不要先说得太满，你瞧……"

"晓芙！晓芙！"冠群很快地打断她，"你又来了！就不能少说几句吗？""少说几句？"晓芙睁大眼睛，"你不记得那天我被飞帆给堵得无话可说？他那股严肃样儿，那股郑重样儿，那股不动凡心的样子，还说什么除非微珊……"

"晓芙！"飞帆及时喊，对晓芙一揖，深深到地，"你包涵一点，要知道，此一时也，彼一时也！"

晓芙轻轻一笑，去看访竹。访竹正深思地看着他们，若有所触。晓芙心里暗暗一惊，这孩子敏感细致，实在不该在她面前提到微珊的。真的，自己就不能少说几句吗？为了掩饰失言，她仓促地转向冠群："走呀，你不是要我陪你去打小蜜蜂吗？"

"好呀！"冠群的兴趣被勾起来了，"要不要大家一起去？飞帆，我现在可以和你赌，一块钱一分，要不要来？敢不敢来？"飞帆对他摇头。"不敢？"冠群问。"不是不敢，"飞帆说，"是不要。"

"为什么？你不是说……"

晓芙扯住了冠群的胳膊，往门口拉去。

"你这个呆子！"她说，"一天到晚说我不懂事，我看你也不见得懂事。飞帆现在对小蜜蜂没兴趣，我们走吧！你知道什么叫'朋友'？该留的时候留，该走的时候走，这就是朋友！"

冠群会过意来，跟晓芙走向门口，访竹站起来，送到门口，始终没说什么话。晓芙在大门前停住了，伸出手去，她怜惜地摸摸访竹的下巴，那种女性的直觉又发作了，她轻声问："有心事吗？访竹？你怎么不像平常那样高兴？"

访竹勉强地笑笑，摇摇头。

"是我说错什么话了吗？"晓芙问。

她再摇摇头。"对我，不该有秘密吧？"晓芙说。

"不，"她开了口，真挚地凝视她，"我知道微珊的事，"她终于说出来，"你不必忌讳。微珊，一定很美很美很可爱很可爱吧？"晓芙怔住了。该死，就知道不该提微珊。

"是的。"她仍然坦白地回答，"不过，微珊的事早就过去了。你选择了一个怪人，这人命中多事，你如果要接受他，就必须连他的过去一起接受！"她正色说，抚摸她垂在胸前的长发，"恋爱中的第一大忌，是去翻老账！访竹，享受你的现在和未来吧！也给他你的现在和未来！因为……他的过去，并不快乐。"晓芙和冠群走了。访竹关好门，回过身子来，望着飞帆。当然，飞帆也听到了晓芙的话，他始终就站在门边。他们彼此对望着，望了好久好久，然后，访竹一下子就投进了他的怀里，他紧抱着她，用下巴贴着她的头。她在他怀中轻轻颤抖，哑声说："哦，我知道我不该，可是，我嫉妒她！我嫉妒她！我真的嫉妒她！"她的颤抖引起他全心灵的怜惜和感动。

"都是过去的事了，访竹。"他柔声说，"都过去了。不要再去想，我们都不要再去想，好吗？"

"她是——你唯一追求过的女人。"她低语着，"这就是我嫉妒的原因，她是唯一的！"

他推开她，惊愕地去看她的眼睛。

"别忘了你自己！"他说。

她垂下眼睑，卑屈地看着地下。

"你没追过我，是我主动的。我常想，有一天——你会为这个而看不起我！"他用双手捧起她的面颊，仔细而深沉地注视她，专注而恳切地注视她，然后，他说：

"听着，访竹。从亚沛把我带到你家去的那个晚上，当我第一眼看到你，当你用你这对沉默的大眼睛盯着我看的时候，我就已经被你吸引了……别说，别动！听我说！我绝不撒谎，绝不为了顾全你的自尊而编任何故事！我只要告诉你真正的事实。可是，我那么自卑，我的过去是我浑身洗不净的污点，你清秀脱俗，纯洁飘逸，我确实没想过要追求你，一点儿都没想过，我不敢想，也不能想！主要的，我不配有这种念头！后来，我们在斜阳谷第二次见面，你那晚比较活泼，你玩电动玩具，一边玩，一边那样潇洒地说些让我心折的话……哦！访竹，我没追过你，我更不敢追你了！你的美好只能衬托我的卑贱，我不敢追你，却不能不欣赏你，欣赏到害怕的地步！记得吗？有一晚我们去看电影，我自始至终连说话都不敢，看完电影，我匆匆把你送回家，就怕你对我的那份强大的吸引力，就怕我会泄露了我的感情……后来，你带着《问斜阳》而来，你说你拨了十二通电话……噢，访竹！你说过，你是保守的、被动的、害羞的……可是，谁给你勇气打十二个电话来找我？谁给你的？"

她震动地凝视他，他的面容激动，目光深切，整个脸孔，都被热情烧得发亮。"让我告诉你是谁给你的力量？是我！访竹，是我！即使我如此逃避，如此掩饰，如此害怕……你依然看透了我！你知道我在爱你，你知道！就算你的理智不知道，你的感情却知道！你那么敏感，那么纤细，我在你面前早已无法遁形，你了解我的感情，甚至了解我的自卑，所以，你来了。是吗？是吗？是吗？"他急促地问着，"你敢说不是吗？"

"我……我……"她嗫嚅着，心里忽然就扬起了音乐的声音，像有个合唱团在齐声欢唱，唱一首最美妙最美妙的歌。她知道他是对的！在这一瞬间，她完全明白他是对的！就是他的目光就是他的声音，就是他一举一动一言一语所流露的那份感情，才把她带来了！她嗫嚅着，在全心灵的喜悦和感动中，说不出任何话来。"那晚，我很冷酷，是不是？"他继续说，"我不止冷酷，而且残忍，是不是？哦！访竹，我不是对你冷酷和残忍，我是对自己冷酷和残忍！我拼了全身心的力量来克制对你的爱，拼了全身心的力量来——保护你。我用'保护你'三个字，你会觉得我言之过分吗？你会觉得我是虚伪和找借口吗？听我说……"她摇头，在他的手掌中摇头，泪珠缓缓地浸湿了她的眼珠，她侧过头去，用嘴唇熨帖在他的手掌上，然后，她举起手来，轻轻地蒙住了他的嘴。

"不用再说了！"她说，目光闪闪地望着他，"你追我也好，我追你也好，在爱情面前，甚至没有自尊。"放开了手，她踮起脚尖，去吻他的唇，"我多么多么喜欢你！我多么多么喜欢！"她热烈而坦率地低语。用双手环抱住他的腰，"我不再追究你的过去，不再吃醋，不再嫉妒……甚至于，我不再去提它们！让你的过去统统死掉！但是——但是——"她深深吸气，紧盯着他，一个字一个字地说，"你以后绝不能再爱别的女人！连逢场作戏都不可以！你只能爱我，只能爱我一个！如果你再爱上别的女人，我会死，我真的会死……"

　　他用嘴唇一下子堵住了她的唇，把她拦腰抱了起来，抱到沙发前面。他把她放在沙发上，自己跪在沙发前，深深地、辗转地、热烈地吻着她。他把全身心的感情、爱恋、歉疚、痛楚、怜惜、承诺……统统集中在这一吻里。

第六章

好半晌，他抬起头来，脸发热，眼神陶醉。她躺着，头发披泻在靠垫上——那靠垫，还是她买来的，这些日子，她已逐渐把这没"人"味的公寓弄得生气盎然了。她那长长的睫毛微往上扬，目光中浓情如酒。她伸手轻触他的面颊，他吻着她的指尖。噢！他心底有个小声音在狂呼着：访竹，访竹，纪访竹！从此，你将是我的一切了！一切的一切了！往日的荒唐，往日的流浪，往日的追寻……最后，就都归依在你的身上了！她动了动，想看手表，他最怕她看表，那表示她该回家了。她的家不在这儿，她还有父母兄妹……他打了个冷战，爱情的背后永远藏着一个逃避不掉的东西——现实。他不知道她的父母兄妹能不能接受他，他几乎怕去想这个问题。可是，他已经发现，她在竭力避免让家人发现他们的来往，每次开车送她回家，她总在巷口就要他停车，她不请他去她家，她也不谈父母……那么，她如此纤细，如此敏感，她已经可以确定，他不会被接受了？她举起手腕去看表，他握住那手腕，把那表面完全遮住。她转头看他，眼底带着纵容、了解而无奈的笑。

"不要孩子气！"她说，"有一天，你赶我我都不会走！"

"有一天，是什么时候？"他提着心问。

"我明年暑假才大学毕业。"

"你意思是说，到那时，我就可以——娶你？"

"唔，"她哼着，脸转向沙发里面，她用手指拨着沙发上的纹路，"可能，我们还需要一番战斗。"

他不语。沉默了。是的，这番战斗会相当艰苦，只因为对方是他——顾飞帆。如果她爱上一个同学，一个像亚沛那样的年轻人，甚至，有过离婚纪录而不要像他这样"辉煌"的……她都不至于要面对艰苦战斗。只因为是他，她才要躲躲藏藏，她才要掩饰和——撒谎，她一定要对家里撒谎的！可是，未来总要面临，他不知道，当面临的那一天，她要承受多少！"不要怕，"她说，紧握了他一下，"他们会接受你，因为他们太爱我！"他惊奇地看她。怎么，她能读出他的思想呢！可怕的女孩！可爱的女孩！可疼的女孩！可敬的女孩！他又有那种"自惭形秽"的感觉了。为了掩饰这种感觉，他忽然站了起来，说："你就这样躺着，不许看表。我要给你看一件东西！等着，我去拿。""哦？"她怀疑地，却顺从地躺在那儿。

他奔进书房，然后，他很快出来了，手里拿着一个小提琴的盒子。她惊奇地坐起身，忽然想起他说过，用小提琴赚钱的日子，用小提琴追求微珊的夜晚……她注视他。他打开琴盒，取出小提琴，一句话都没说，他把琴放在肩头颏下，拿起弓来，他擦了擦松香，试了两个音，那弦声清脆地迸跳在夜色里。然后，一串熟练的、美妙无比的弦音流泻了出来：居然是那首《问斜阳》！她激动地用手托住下巴，一瞬也不瞬地抬头盯着他。他的目光也深深地注视着她的，让那弦声震颤地流泻在夜色之中。那么美的音色，那么动人心弦的"演奏"，那奇妙的颤音和延长音……她简直想哭了，如此美妙的音乐会让她流泪。一曲既终，她眼眶湿润，他放下了小提琴，她跳起来抱住他的腰："你知道吗？"她激动地喘着气，"你是个音乐家！你实在不该放弃小提琴！依我听来，帕格尼尼也不过如此！真的！"

他捏了捏她的下巴，笑了。

"全世界只有你会说这句话！"他说，"我的小提琴还不配成为第八流的交响乐团的一分子。这就是学音乐的悲哀，花数十年工夫，有时只落得在街头卖艺。我有次在纽约的格林尼治区，听到一个嬉痞在街边拉小提琴，他拉得比我好一百倍！当时，我很为他感慨，可是，后来我又很为他开心。"

"怎么呢？""我感慨他在寒风中拉琴，赚一点儿别人丢给他的角币。我开心的是他当时那种表情，他正沉溺在音乐的境界里，他满脸都是陶醉——不，他并不在乎赚不赚钱，他在享受。"他正视她，脸色庄重，"真正的音乐家，必须对音乐付出全部的狂热。换言之，音乐就是他的爱人、妻子和生命。我当不了音乐家，我只有对音乐的感性，而没有那种放弃一切的狂热。"

"可是，"她赞叹着说，"你这首《问斜阳》拉得太好太好太好了！""我承认还不错，"他笑了，有些赧然，"我练过一阵子，那晚把你气走了以后，我有好长一段时间，就每晚拉这支《问斜阳》，来度过那些漫长的夜晚。我拉的时候，想的是你，不是音乐。""哦！"她轻呼着，瞪着他。

"刚刚我拉给你听，当然更加用功了。"他说，微笑着，"我有些卖弄。访竹，我要让你知道，我除了赚钱结婚离婚以外，还会点儿别的！""说好了的！"她喊，"不再提结婚离婚了的哦！你又提了！"

"是我错了！"他慌忙说，抓住她的手，因为她又想看表了。"唉！"他长叹，"问斜阳，你能否停驻，让光芒伴我孤独！"

"斜阳答，"她迅速回复，想都没想，"我与你同在，且挥手告别孤独！"他惊愕地看她，为她那反应的敏捷而心折，然后，他忍不住又深深叹息，把她再度拥入怀中。与我同在！同我同在！他心里反复低语：请与我同在！且挥手告别孤独！

日子一天天地滑过去了。

访竹非常意外，她和飞帆的交往居然瞒过了家里，平安地度过了整个冬天。她不知道，醉山夫妇对她都太信任，了解她那种"好教养"下的大家闺秀之风，绝不会走到轨道之外去。他们相信她有个要好的男同学，等待她把男同学带回家的日子。醉山说过："如果她不带回来，表示感情并未成熟，这种事我们不能表现得太热心，必须顺其自然。访竹是好孩子，她自己会有分寸的。"大家都还记得因为亚沛的误会，访竹愤而离家的事件，所以，谁也不去追究她的感情生活，只默默等待那谜底的揭晓。然后，有一晚，谜底终于揭晓了。

那晚，已经是春天了，寒意仍然料峭。但是，距离"暑假"的日子却一天比一天近了。飞帆的心情几乎恢复到热恋的时期，在患得患失中，在迫不及待的等待中，在渴望与深沉的热恋里，他过得甜蜜而又焦灼。有层隐忧，始终在他心头荡漾，随着日子的流逝，这隐忧也与日俱增。

这晚，访竹打扮得很漂亮。她穿了件深红的衣裳，娇艳如一朵初绽的杜鹃。她很少穿红色，这红衣就尤其醒目。她唇不点而红，眉不画而翠，一举手，一投足，都抖落着青春的气息。这样的晚上，把她关在家里太自私了。于是，他提议去夜总会跳舞，因为，自从他们相识以来，还没有去跳过舞。她欣然同意。他们去了夜总会，在一栋十四层大厦的顶楼，名叫"揽月厅"，这儿可以看到全台北市的夜景。倚窗而坐，台北的灯海交织闪烁。她轻颦浅笑，一脸的幸福，一脸的光彩。

"我可以喝一点酒吗？"他问她。

"只能一杯。"她笑着说。

"你会是个很严厉的小妻子！"他埋怨着，叫了一杯酒，给她叫了"粉红女郎"。她红着脸，只为他说了"小妻子"三个字。酒送来了，她看着自己的杯子，有些心惊胆战："这是酒？很像血腥玛丽，只是名字比较好听。"

"放心喝，"他笑着，"有我在这儿，不会让你醉。尝尝看，很淡很淡的。"她啜了一口酒，香醇盈口，她对他举杯："祝你幸福！"他心中迅速掠过一抹不安。他立刻和她碰杯，更正说："祝我们幸福！"

她笑了，放下杯子来，瞅着他。

"你很会在字眼里挑毛病啊！事实上，如果你不幸福，你以为我还会幸福吗？我的幸福就寄托在你的幸福上呀！"

他全心温热而激动。拉住她的手，他说："我们去跳舞！"

他们滑进了舞池。"揽月厅"的乐队奏的都是些老歌，是支慢四步。他拥她入怀，轻轻滑动在舞池中，她紧贴着他，面颊倚在他的肩头。他们并不在跳舞，只是跟着音乐的节奏在晃动，彼此贴着彼此，彼此想着彼此，彼此沉溺在音乐、灯光、酒意和那些衣香鬓影中。她满足地低叹，那热气吹拂在他耳边，痒痒的，酥酥的，甜甜的，醉醉的。

"我很快乐。"她低语，"好快乐好快乐！"

他更紧地揽住她，忍不住轻微颤抖。

"怎么了？"她问。"没什么，"他在她耳边说，"只是太幸福了！幸福得不敢相信我也有今天。好些年来，我都以为我的感情早就化为灰烬，再也不可能燃烧，现在才知道——唉！"他叹了口长气，"活着真好！""嘘！"她轻嘘着，"不许提过去！"

"是！"他顺从地，"再不提了！"

有位歌星走上台来，开始唱一支《西湖春》，唱完了，她又唱起一支很柔很柔的抒情歌：

今宵相聚，不再别离，
让灯影、人影、花影、梦影把我俩相系！
今宵相聚，不再别离，
让昨日、前日、去年、前年都成为过去！
今宵相聚，不再别离，

让相思、怀念、悲叹、感伤化飞烟消逝!

今宵相聚,不再别离,

让明天、后天、今生、来生世世在一起!

她听着,眼眶湿润。"她在为我们唱歌!"她说。

一曲既终,他们停下来,疯狂鼓掌。他们的掌声惊动了舞池中其他的客人,大家都停下来鼓掌。访竹觉得有人在注意自己,她没有很在意。她正深陷在那难绘难描的浓情蜜意里。当音乐再起的时候,他们回到桌边坐下,他握住她放在桌上的手,两人只是长长久久地痴痴凝望。彼此的目光述说了千千万万句言语。忽然,有人走到他们身边来了。

"访竹!"那人喊着。访竹蓦然抬头,惊奇地发现,站在那儿的居然是访槐!她愣了愣,一个念头飞快地闪过她的脑海,该来的毕竟来了!她暗中咽了一口口水,并不惊慌,反而笃定了。反正,她必须要面临这一天,这样也好,免除了她向父母启口的尴尬。这样一想,她几乎是高兴地看着访槐,把身子移过去,微笑地说:"噢,哥哥,你也来了?是不是带了我未来的大嫂一起来的?在哪儿?"她伸长脖子找寻。

"我们有一整桌人呢!"访槐说,锐利地看了飞帆一眼,他几乎想不起这个男人是谁,"我们公司同仁在聚餐。吃完饭接下来就跳跳舞。""那么,"访竹拍拍身边的位子，"坐下来和我们一起聊聊！"访槐坐下来了，他依然盯着飞帆，现在，他已经完全记起他是谁了，那个在印度打老虎，拿结婚当游戏的怪人！他和亚沛去过纪家。这种人，你见过一次，就不容易忘记了。

"飞帆，这是我哥哥，"访竹望着顾飞帆，"你总不会忘记吧？"她又转向访槐，"哥哥，这位是……"

"我记得，"访槐笑了，"打老虎的英雄，呃？"

飞帆伸手给访槐，两个男人各怀心事地握了握手。飞帆问："你要喝点什么？我来叫！"

"不用了！"访槐说，"我那桌上有喝的！"他瞪视着访竹面前的酒杯，"你喝酒吗？访竹？"语气里有责备意味，离开家里，这哥哥就不会忘记他是"长兄如父"了。"你怎么可以喝酒？""别小题大做！"访竹说，"这酒很淡！"

"很淡也是酒！"他望向飞帆，"我刚刚看到你们在跳舞，老实说，我以为我眼睛花了。访竹是咱们家最乖的女孩子……"他一向就是想什么说什么的人，想起访竹和飞帆刚刚的亲热劲儿和那紧贴在一起的样子，心里已经在冒火了。这男人！这打老虎的"英雄"，居然在诱惑他那最乖巧最文静的妹妹！"我简直没想到她会跳舞！"

"哥哥！"访竹抗议地说，"我都快大学毕业了，我不是小孩子了！跳舞有什么稀奇？访萍不是常常和亚沛去跳舞吗？访萍比我还小呢！""那不同。"访槐说，仍然紧盯着飞帆，敌意明显流露在眼神里，"他们已经等于是未婚夫妻了！跳跳舞，玩晚一点都没关系，你——"他调过视线来盯着访竹，压低声音，责备着，"你这样和人在夜总会跳贴面舞，如果给你的男朋友知道，会怎么说？""男——朋友？"访竹愣住了。

"访萍说，你在学校里有男朋友！"

访竹吸了口气，定睛注视着哥哥，然后，回头看向飞帆，她眼底有摊牌的坚决。"哥哥，你最好弄清楚，我除了飞帆以外，没有第二个男朋友！"

访槐大惊，认真地去看飞帆，仿佛想看清楚他是人是鬼似的："她在说些什么？"他问飞帆。

"她在告诉你一个事实。"飞帆定定地回答，定定地迎视着访槐的目光，定定地握着酒杯。他那种坚定，那种成熟的、果断的坚定……是个百分之百的男人！相形之下，访槐像个未成年的孩子。"我想，我们也早该好好谈谈了，我和访竹——计划在她毕业以后结婚。"

"结婚？"访槐大大一震，事情不对了！有什么事完全不对了！大错特错。他的眼珠凸了出来，盯着飞帆，"你不是已经结过婚了吗？"他率直地问。

"但是，早就离婚了！"飞帆答，语气稳重。他知道，在这一刻，他不能意气用事，小不忍则乱大谋。坐在对面的，是访竹的哥哥！"你又要结婚？"访槐问得鲁莽，鲁莽却带着强大的打击力，"我听说，你结过两次婚了。"

"三次。"他更正着。"三次！"他惊叹着，"真的结过三次婚？不是谣言？不是传说？是真正地'结'过'三次婚'？"他问得已经有点傻气了。"是的！"飞帆回答。"你现在对我妹妹进攻，想再来一次？"

"是的！"访槐回头看着访竹，不由分说地抓住访竹的手腕。"访竹！"他命令地说，"跟我回家去！"

访竹挣脱了他，低声警告地说："你不要乱闹，也不要惹我！我正和飞帆在跳舞，我们玩得很快乐，你不要来破坏我们！如果你对飞帆有任何不满意，那是你的事，不是我的事！我要留在这儿，和飞帆在一起！"

"你知道你在说些什么做些什么吗？"访槐问，盯着妹妹，"你怎么会和这个……这个……"他想说"流氓"，终于费力地咽了下去，"这个人在一起？"

"我为什么不能和这个人在一起？"访竹的呼吸沉重起来，访槐那种严重的轻蔑意味使她大大地反感起来，侮辱飞帆比侮辱她自己还难受，"我要和他在一起，我高兴和他在一起！哥哥，你不要管我！""我怎么能够不管你？"访槐生气了，涨红了脸，"你是我的妹妹，我怎能不管你？你昏了头，会和一个……一个……感情骗子混在一起！我是哥哥，我有责任救你！跟我回家去！"他再度握紧了她的手腕。"你不可以骂他！"访竹急促地说，"你怎么可以随便说人家是感情骗子！你根本不了解他！放开我！我不跟你回家！我不跟你回家！""访竹！"飞帆开了口，他的声音坚决而有力，他的脸色苍白，眼神奕奕，"你哥哥坚持要你回家，就回家吧！"

"飞帆！"她惊喊。

"回家去！这问题迟早要摊开来谈。访竹，我不能让你一个人来面对这件事，我和你们一起回去！"

她看他，他的眼神多坚定啊！又坚定得近乎凌厉起来。但他那神情，却有着无比的决心，这撼动了她，振奋了她。毕竟，他不会做感情上的逃兵！他招手叫侍者结账，站起身来："访槐，"他说，"我们走吧！"

访槐一时间有些不知所措，他只想把妹妹押解回家去好好"规劝"一番，却没料到这个家伙也要跟了去。他犹疑了一下，本能地抗拒："我们回我们的家！用不着你来！"

"有一天，"飞帆阴鸷地注视他，"你妹妹要从你们的家进入我的家。你要带走的，不只是你家的人，也是我家的人！纪访槐，我希望交你这个朋友，因为你是访竹的哥哥。但是，如果你继续用这种态度来拒绝我，我必须对你明说，你根本无权带走访竹！她是属于我的！"

"是吗？"访槐又惊又怒，"这世界上，有多少女人是属于你的？"飞帆面孔雪白："只有访竹。""只有访竹？"访槐冷哼着，"以前那三个女人呢？都只是你的收集品？别人收集邮票，你收集女人？"

"哥哥！"访竹喊着，站起身来，很快地看着飞帆，"飞帆，我先跟哥哥回家，你不要来了，我明天跟你通电话！"

"不行！"飞帆坚决地，"要走，我们一起走！我不会让你一个人面对你的父母！""飞帆，"访竹有些焦灼，焦灼而感动，"我能应付的。你去了，你会……"

"你怕我受不了吗？"飞帆盯着她，"你认为我逃得掉吗？如果有任何屈辱，我宁愿我来承受，走吧！"

访槐看看飞帆，又看看妹妹，他非常恼怒，恼怒而又拿这男人无可奈何。他那种坚决和果断是他从没有经历过的。他几乎恨他那种笃定，恨他对访竹说话时的那种坚决与怜惜。亚沛说得对，这种男人是女性的克星，他不知道克过多少女人，现在竟克起纪家来了！而且，偏偏是访竹！如果是访萍，他也会放心些，因为访萍潇洒，提得起而又放得下，乐观，不在乎。访竹不同，访竹从小就是家里一颗又脆弱又明亮又易碎的小玻璃珠！被全家每个人捧在掌心里呵护着，如今……如今……他恶狠狠地瞪着飞帆。如今竟要被这个男人来摧残了！飞帆在访槐那充满敌意的注视下有些惊心的寒意，为什么？为什么他被看成魔鬼？为什么许多人在认识他以前就先拒绝他？他深呼吸，振作了一下，无论如何，他要去纪家，他要说服她的父母，他要表明自己的态度，无论如何，他再也不愿藏在一角，做访竹的"地下情人"！

他们走出了大厦，访槐仍然死命捏着访竹的胳膊，由于访槐拒绝坐飞帆的车子，他们一起钻进了一辆计程车。这情况有些滑稽，访竹夹在两个男人之间，又惊又怒又恼又沮丧，她转头看飞帆，后者挺直着背脊，脸上每根肌肉都绷得紧紧的，像一尊塑像。她有些心慌起来，某种直觉在告诉她，不该让飞帆在这种情况下见父母。但是，看他那阴沉的表情，她就知道，一切都已经无法阻止。该来的，会来的，就一定会来！终于，他们拖拖拉拉，个个怒形于色地走进了家门。醉山夫妇正在看电视，访萍和亚沛也在座。访竹几乎是被访槐摔进客厅的，飞帆又几乎是强行冲进门的，三人这一出现，全家都呆住了！访萍惊叫："访竹！"亚沛惊叫："飞帆！"醉山夫妇则惊叫："访槐！"大家面面相觑。访槐把大门"碰"上，转身站在客厅中间，横眉竖目，气冲牛斗地说：

"爸爸，妈妈，我给你们介绍一对新情侣！顾飞帆和纪访竹！我在夜总会撞到他们，两个人亲热得让所有客人侧目而视……""哥哥！"访竹怒声说，"你不要夸大其词！"

"我夸大？"访槐怒问到访竹脸上去，把对飞帆的恼怒也一股脑地移到妹妹身上，"你整个身子挂在人家脖子上，简直……不要脸！""哥哥！"访竹的脸色发青了，气得眼睛都红了。

"不要吵！"醉山喊了一句，心里已经有了数，他瞪视着面前的三个人，"到底是怎么回事？"

飞帆往前跨了一步，他胸中沸腾着怒气与不平，但他知道现在不是他发火的时候。他注视醉山，再注视明霞，他点了点头，沉声说："我很抱歉，纪伯父，纪伯母，我会在这种不友善的情况下，来向你们提出我的请求：我请求你们，把访竹嫁给我！"

醉山夫妇呆住了。一时间，房里一点声音都没有了，大家都像中了邪，谁都说不出话来。连把飞帆带到纪家的亚沛，都呆若木鸡，只是直愣愣地瞪着飞帆，仿佛飞帆是个外太空人！访萍是更傻了眼，她和访竹亲密无比，早就猜到她已有男友，但，怎会想到是这个传奇人物——顾飞帆！

室内静了好一会儿，打破这沉静的，还是顾飞帆。

"伯父、伯母，"他低声下气，却仍不失风度，那种坚定和那种固执的倔强，几乎是让人敬佩的，"我知道我很冒昧，我知道我一定带给你们太大的意外，我更知道，我绝不是你们理想中的女婿。但是，请看在访竹和我的感情份上，答应我们的婚事！"明霞深吸口气，终于知道发生了什么，终于明白了飞帆的目的，她不看飞帆，而转向访竹。她的女儿，她那娇弱、善感、不知人间世故的女儿！她眼中带着种深刻的悲哀和失望，定定地望着访竹。这目光把访竹打倒了！她惊慌失措地看着母亲，乞谅地、哑声地喊了一句："妈妈！"

明霞走过去，把访竹揽入怀中。她紧抱着她，似乎这个女儿马上就会消失。她的面颊贴着访竹的头发，低低地说了句："访竹，是家庭没有给你温暖吗？"

"哦，妈妈！"访竹惊愕而心疼地喊，"妈妈！您怎么这样说？我不过是长大了！像访萍一样长大了！妈妈，您当初也长大过，是不是？"

"是的！"明霞说，"我也长大过，但，我没有伤父母的心，访萍也长大了，她——也没伤父母的心！"她声音里含着泪，眼中已被泪水充盈，"成长，是一件必然的事，我们都为你的成长祝福。可是……访竹，你在做些什么？你知道，你今晚是突然出现，拿刀子来刺我了……"

"妈妈！"访竹惊喊，泪珠顿时滚滚而下，她哽塞着，语不成声地嚷，"不是！不是！妈妈，我没有要伤你的心，是哥哥逼我回来，是……是……"

飞帆又惊又痛，访竹的泪珠绞痛了他的心脏，他忘形地向前跨一步，想伸手去触摸访竹，明霞惊惧地搂着访竹闪开，像躲避一条毒蛇。飞帆的手垂了下去，他恳切地、低声地说："伯母，请您不要折磨她！如果您有任何不满，冲着我来吧！所有的事，都是我引出来的！"

醉山拦住了飞帆，他深切地盯着飞帆，到这时才开了口，他的声音冷峻、庄严而沉痛："顾飞帆，"他清晰地说，"你怎么敢说一位母亲会去折磨她的女儿？你不知道亲人之间，是血与血的联系吗？你不知道，你让访竹这样对待父母，是她在折磨父母吗？你来请求我把女儿嫁给你，你以为访竹只是我们的一件家具、一本书、一件小摆饰，可以随随便便送人吗？你是不是太轻视我们这身为父母的人了……"

"伯父！"飞帆低喊，注视着醉山，在后者那咄咄逼人又义正词严的语言下顿感汗流浃背。在这一瞬间，他知道，纪醉山夫妇绝不是一般的父母，他们不会轻易把女儿给他，因为，在他们内心中，都为他判过罪了。怪不得访竹不敢泄露这段感情，怪不得访竹一再拖延摊牌的时刻！"伯父，"他嗫嚅着，第一次这样不堪一击，"我并不轻视你们，如果我做得不周到，或者我有不礼貌的地方，请原谅我！我发誓，对访竹，我出于一片至诚地爱她，我会保护她，照顾她，给她幸福！""对你前几任的妻子呢？"醉山问，"你对她们每一位都保护过？照顾过？给予幸福了吗？"

飞帆闭了闭眼睛，心中有阵剧痛，眼前闪过一阵晕眩，他无言以答。忽然间，一种心灰意冷的感觉把他牢牢地抓住了，那种很久以来没有出现的绝望感又发作了。他睁开眼睛去看访竹，她正蜷缩在母亲怀中啜泣，明霞流着泪抚摸她的头发，她的肩，她的背，好一幅慈母孝女图！他再看醉山，这位父亲是庄严的、文雅的、正义的——也是慈祥的。他额上冒出了冷汗，转过头去，看到了访萍和亚沛，访萍发着呆，年轻、秀丽。亚沛揽着访萍，漂亮而正直——好一对郎才女貌！他再看访槐，后者已不发怒了，靠在墙边，他正痴痴地看着访竹母女，感动地深陷在那份母女相泣的图画里。这房中一切的一切，都那么协调，那么温馨，那么高贵！唯一不协调的，就是他了——顾飞帆！他额上的冷汗更多了，心脏在往下沉，往下沉，往下沉……一直沉进一个深不见底的冰窖里。他转过头来，正视着醉山。他们彼此深刻地对视了良久，然后，飞帆一句话都不再说，就闭紧了嘴，咬紧牙关，大踏步地走向房门口。

他的背脊挺直，抬高了头，脖子僵硬，浑身上下，仍然保持着仅余的一抹尊严。他打开了大门，头也不回地走出去了。访竹蓦然惊觉，从母亲怀中转过身子来，她眼看飞帆的身子消失，房门合拢，她骤然发出一声凄厉的狂喊："飞帆！"

她扑向房门口，访槐拦腰抱住了她。她又踢又踹，泪落如雨。房门早已合上，飞帆的身影早已消失，她挣开了访槐，哭倒在纪醉山的脚前。"爸爸！"她哭着说，"你好残忍，好残忍……"她一连说了无数个"好残忍"。纪醉山呆住了。明霞呆住了。全家都呆住了。

这是一个漫漫长夜。在纪家，这夜几乎没有一个人能睡觉。

第
七
章

　　自从飞帆离开后，访竹就把自己关进了卧室，躺在床上流泪，明霞坐在床边，试着要劝醒她，说了几百句话，访竹只当听不见。访萍默默地坐在访竹床头，不停地拿化妆纸为她擦眼泪，把一盒化妆纸都用光了。醉山、访槐和亚沛三个男人，则坐在客厅里低声讨论。飞帆当初是亚沛带来纪家的，于是，他好像也有了责任。醉山不停地抽着香烟，弄得整个客厅都烟雾腾腾，盯着亚沛，他不断地问："这个顾飞帆，到底是怎样的人？"

　　"说实话，"亚沛有些沮丧，"我对他并不很了解，他是我大哥的朋友，或者，我打电话把大哥大嫂找来，他们常常在一起，对顾飞帆很熟悉，他们对他一定了解。"

　　"不用了。"醉山吐着烟雾，沉思着，"顾飞帆真的结过三次婚？""是的。""知道对方都是些什么女人吗？"

"这……"亚沛有些迟疑。"亚沛!"访槐不满地喊,"现在不是你袒护朋友的时刻了,你应该知无不言,言无不尽。"

"好吧!"亚沛咬牙,"我知道得不多,也不详细,可能也有错误。他第一任太太很有名,是学校外文系之花,听说他苦苦追求了几年才追到手。这样的婚姻应该很珍惜才对,我也不知他怎么会迷了魂,到美国去留学的时候,又追上了一个外国女孩,停妻再娶,当时还引起过许多议论和法律上的问题……""你是说,他在离婚前又娶了一个?"醉山紧盯着问,眉头紧蹙。"大概是吧!反正,他先结婚,再办离婚,他和外国太太的婚姻也没维持多久就离了。他的第三任太太,好像……好像是个酒家女。"醉山深深地抽了一口烟,似乎要把整支烟都吞到肚子里去,他瞪着亚沛,丝毫不掩饰他的不满。

"你居然把这样一个人带到我家来!"

"纪伯伯!"亚沛涨红了脸,本能地要代飞帆解释,"顾飞帆并不是坏人,他有许多优点。他很有英雄气概,很义气,很豪爽,很热情,也很幽默。他唯一的缺点就是喜欢女人,总逃不开女人的纠葛。本来嘛,成语中也说英雄难过美人关……""不要曲解成语!"醉山恼怒地打断他,"我看不出他有什么英雄气概,就算他打过一只老虎,也不能算英雄!即使他是英雄,过不了美人关,人家英雄只过一个美人关,他要过多少?他今年几岁?"

"好像和我大哥同年，三十二。"

"三十二岁，几岁结第一次婚？"

"受完军训，应该有二十四五了。"

"算他二十四，最后一次离婚算他三十岁，他在六年里结婚三次，平均一次婚姻维持两年……"

"没有。"亚沛坦白说，"只有第一次维持了一年多，后来的好像几个月就离婚了！"

"亚沛，"醉山熄灭了烟蒂，立刻又点燃了一支，"他真是不平凡，太不平凡了！难怪你崇拜他！你也跟着学吧！我倒要考虑考虑你和访萍的婚事……"

"纪伯伯！"亚沛大惊失色，"我没有学他呀！天地良心，我发誓，我带他来的时候，做梦也没想到他会追求访竹！我对他也不是崇拜，是……是……"他抓头发，想不出妥当的词句，"是欣赏……不，是……是好奇……"

"爸爸！"访槐皱着眉喊，"这又不是亚沛的错，您迁怒到亚沛身上来，真有点不公平。不要一波未平，一波又起，您倒是想想办法，怎么打消访竹的痴情才对！"

"哦！"访槐提醒了醉山，真的，责怪亚沛是有些过分了。但是，亚沛带这种人来家里，仍然不能辞其咎。他再盯了亚沛一眼，倾听访竹卧室里的声音。"访竹……唉，她还在哭吗？"

是的，访竹在哭。她把脸埋在枕头中，一任泪水泛滥，一任那枕面被泪水浸透。明霞抚摸着访竹的肩头，叹着气，含着泪，苦口婆心地说："访竹，并不是我们当父母的专制，要干涉你的恋爱和婚姻，而是因为我们爱你，我们不能眼睁睁地看着你走进一个错误里。你知道，人生许多事都可以错，只有婚姻不能错，婚姻是一生的赌注，一旦错了，再回头就已全盘皆输。你是女孩子，不是男人，不是顾飞帆，可以左结一次婚，右结一次婚，还有女孩子要他！访竹，我知道你爱他，爱到了顶点，爱得不顾一切，你才会把他那些历史，都抛诸脑后。可是，访竹，爱情往往很盲目，往往是一时的冲动，往往只是个梦。梦醒了，才发现什么都没有了，到那时候，就悔之已晚！"

访竹在枕头中绝望地摇头。说不明白的！她忽然发现，她永远说不明白的！顾飞帆的历史，像文身的花纹，深刻在他全身上下，大家见到的，只是那些"文身"，而不是真正的顾飞帆！她不能指望让父母去了解顾飞帆，更无法去解释那三次婚姻……她绝望地摇头，让泪水沾湿了被褥。她心中还有另一种说不出口的沉痛：顾飞帆，你怎么可以被爸爸几句话就气走？你说要并肩作战的，你说要一起面对屈辱的……可是，她想起了，当时是自己扑向了母亲。在那一瞬间，仿佛是她在"家庭"与"飞帆"间做了选择。飞帆，你走了……因为你看到了一个美满家庭，因为你又自卑了，因为你发现自己是这个家庭的破坏者。你走了……你甚至不深刻地想一想，你这一走，要我怎么办？

"访竹，"明霞还在述说，用手怜惜地抚摸女儿那被泪水沾湿的头发，"你还小呢！你还年轻呢！未来的日子还长呢！你会遇到其他男人，若干年后，你会发现今天的你很傻，很幼稚……"访竹的头从枕上转过来了，她的眼睛又红又肿，脸色又苍白又憔悴，眼底却有股燃烧着的火焰，那火焰如此强烈，如此耀眼，似乎可以烧毁一切。她终于不哭了，从访萍手中抓过一把化妆纸，她擦去了泪痕，坚定地说："妈，您什么都不用说了！我是很年轻，但是，经过今晚，我不会年轻了。属于青春的快乐、甜蜜、狂欢……都已经被你们送进了地狱！未来的日子还长，是吗？每一个日子会变成一种煎熬！您是母亲！您是爱我的母亲！等着瞧吧！亲爱的妈妈，为我数一数，我以后还要挨过多少煎熬的日子……"

"访竹！"明霞惊痛地喊，"你理智一点吧！你怎么这样说呢？事情并没有糟到这种地步，是不是——"

"妈！"忽然间，访萍忍无可忍，在一边大声地开了口，"你们为什么不给他机会？"

"不给谁机会？"明霞不解地问。

"顾飞帆！"访萍喊了出来，激动而热烈，"你们为什么把他否决得这么干脆？妈，您看不出来，他和姐姐彼此相爱吗？您也爱过，您不知道爱情的力量有多大吗？而且，顾飞帆到底有哪一点罪不可赦？""访萍，"

明霞嚷着，"你站在哪一边？"

"不是哪一边，你们和顾飞帆，包括我，我们大家都爱访竹，我们在同一边！""你不要搅和，行不行？"明霞生气了，"管你自己的事，行不行？"这一吵，惊动了客厅里的三位男士，大家都拥到访竹门口来，七嘴八舌地问："怎么了？又怎么了？"

访竹惊奇地看访萍，想不到在这家里，自己还有一票。她干脆翻身起床，走到客厅里去，反正大家都不能睡，反正天都快亮了。她早已哭得口干舌燥，便倒了一杯水，在沙发中坐下，大家也都跟进客厅里来。她喝了口水，抬眼望每一个人。"爸爸，妈妈，我爱你们。"她说。

"我们也爱你呀！"明霞说。

"可是，"她清楚地说，"我也爱顾飞帆！成全我们，是你们的恩惠，拆散我们，以后，大家都要在愁云惨雾中过日子。何苦？爸爸妈妈，何苦？"

大家怔了怔，醉山先开口："访竹，如果婚后三个月，他就遗弃了你，或者停妻再娶，你怎么办？你能担保，那时候，我们就不会在愁云惨雾中过日子？"

"哦！"访竹锐利地看了亚沛一眼，"看样子，有人已经报告过他的婚史了。可是，你们真正完全了解这经过吗？""你又真正完全了解这经过吗？"

醉山逼视着她，"你所有的资料，是从顾飞帆那儿得到的吧！他既然在追求你，他就一定有个很合理很令人同情的故事！我想都想得出来，三次婚姻，三个故事，可能个个都有情不得已之处！他这种男人，既然能骗到那么多女人，包括我那个聪明细腻的女儿纪访竹，他当然不是一个等闲人物！他的故事很动人吧？可以写小说吧？"

访竹怔住了，瞪视着父亲，她知道，那枪管下的婚姻，醉酒中的公证……都不必去说它了。说出来也没人会相信，说出来也是自找没趣。她垂下头，无助地看着地下。访萍却及时开了口："爸爸，那些事情根本不重要！"

"什么事情不重要？"醉山问。

"顾飞帆的过去！"访萍有力地回答，"他离过一百次婚也罢，一千次婚也罢，那都是他的历史，你们又不是要把访竹嫁给过去的顾飞帆，而是嫁给未来的！在我看来，他有他的优点……"

"访萍！"醉山皱紧眉头，"没有人征求你的意见！你最好闭嘴！每个人的现在都是由过去堆积而成，怎能不追究他的过去？大家都不追究过去的事，法律也不需要了，监狱也不需要了……"纪醉山的议论只发了一半，门铃忽然急促地响了起来，大家都吃了一惊，醉山抬起头来，才发现天都亮了，黎明的曙色染在玻璃窗上，透出了朦胧的乳白色。是送牛奶的人吧！他每次把牛奶放在门口时都要按两下门铃。访槐走到大门前去打开门，立即，他吓了一跳，门外，赫然是那去而复返的顾飞帆！访槐想立刻关上门，但，飞帆伸出脚来，很快抵住了门，他无法关门了。飞帆推开房门，大踏步地跨进来，一眼看到客厅里人影绰绰，他点点头说："很好，你们都没有散！"

"你又跑来干什么？"醉山问。

飞帆看了他一眼，就掉头去看访竹，访竹那红肿的眼睛和苍白的面颊已向他说出了一切。但是，看到他进来，她那漆黑的眼珠就闪耀起光彩来。她注视着他，没有开口，没有移动，只是静静地望着他。

"我在街上走了一夜。"他望着大家，说，"我想，你们也谈了一夜。我一面走，一面在想着我们的问题，我和访竹的问题，也是我和你们家的问题。我一直走一直走，也一直想一直想，然后，我觉得我必须回来，把我的想法、看法和我的立场告诉你们。我不能这样糊涂地一走了之，所以，我又回来了！""我们并不需要你的想法和看法！也不需要你回来！"明霞说。"你们需要的！"飞帆深深地看了明霞一眼，"因为你们爱访竹，你们不想失去她。我走了，你们也就失去她了，永远失去她了！"他转头凝视访竹，两人的目光立即交织在一起，似乎在电光石火间，迸射着火花。他们彼此痴痴凝望，不交一语，那默契、那热情、那了解、那渴望……都在彼此眼底，尽诉无遗。这目光使醉山夫妇都看呆了。

飞帆终于把目光从访竹身上移开，再望向大家。

"我刚刚走了，因为我很自卑，"他继续说，"你们是个好家庭，一个高尚的、快乐的家庭，是我的出现破坏了这家庭的美好，所以，我走了。我当时想，我会永远走了，把访竹还给你们……我想，我会再做一次逃兵，去印度，去非洲，去爱斯基摩，去没有人找得到的地方。"

访竹打了个冷战。

"可是，我回来了，为了告诉你们，我不能走！为了告诉访竹，我这一生，做错过许多事，失去过很多东西，也放弃过很多东西，但是……这次，我不能失去，不能放弃！我要访竹。"访竹满眼泪水，满脸光彩。明霞瞪着她，天哪，从没看过她如此美丽，如此光华夺目！

醉山紧盯着飞帆："你说得很简单，"他说，"你认为只要你不放弃，你就能得到她？""是的。"飞帆肯定地说，挺了挺背脊，目光固执而狂热，"你们否决我，只有一个理由，就是轻视我的过去……"

"还有一个理由，"醉山说，"我们也不相信你的未来！"

飞帆点了点头："还好，我并不需要娶你们全体！我只要访竹！纪伯伯，"他凝视醉山，"您很顽固，您相信自己的判断，您心中有一个法庭，判了我的罪。换成我的话，可能也一样，如果我有女儿，我也不会愿意她嫁给一个离过三次婚的男人！可是，纪伯伯，您没有选择，您必须接纳我！"

"为什么？"醉山恼怒地问，色厉而内荏。他感到自己内心深处，有某种柔软的东西在蠢动。

"因为您爱访竹。您舍不得让她痛苦一生，您舍不得让她憔悴下去，消瘦下去，您也舍不得她每天以泪洗面，度日如年。您更受不了，她将来会恨您怨您！"

"你这么有把握？"醉山扫了访竹一眼，"老天，这家伙说的是实话！访竹那痴痴凝视，已把什么话都说出来了，她可以没有这世界，却不能没有这个人——顾飞帆。"

"是的，我有把握！"飞帆走了过去，伸手给访竹，访竹立刻紧紧地握住了他，握得好紧好紧，似乎生怕一松手，他就会飞到爱斯基摩去了。"纪伯伯、纪伯母，"他继续说，"我知道我不好，对我的过去，我不多解释，统统都是我错！在你们心里，我配不上访竹。但是，我们相爱了！我从没有渴望一样东西，像渴望拥有访竹这么强烈。我用最坦白最简单的话告诉你们，我爱她，我要她，你们答应，我衷心感激，你们不答应，我带她私奔！"

"什么？"明霞轻呼，"你简直是蛮干！"

"是的，我会蛮干！"他认真地说，丝毫不是威胁，他眼中迸射着光芒——那种不顾一切的光芒，"我刚刚在街上走，我想过要放弃访竹，但是，和这思想同时涌上来的，是一种最绝望最绝望的感觉，我听到一个小声音在我心底说：离开她，不如死去！我被这小声音吓呆了——或者，我没有很认真地衡量过我对访竹的感情，但，在那一瞬间，我明白什么是生死相许！纪伯伯，即使您是上帝，您是神，您也没有权利拆散我们！您也没有权利把我们两个都毁得干干净净！"

醉山一眼也不眨地盯着飞帆，这番话，这种坚定，这份热情和这赤裸裸的坦白把醉山打倒了。他盯着面前这个人看，看了好久好久，室内静悄悄的。访槐靠在门边，满脸的困惑，注视着飞帆。访萍倚着亚沛，眼底带着崇拜，也惊奇而折服地看着他。明霞也看着他，敌对、反感与抗拒都在消减……消减……而感动之情竟不知不觉油然而生，她眼里居然潮湿了。访竹仍然紧握着飞帆，在这瞬间，她有死而无憾的感觉，听他如此坦白地在众人面前公开他内心深处的想法……只有她，明白这对他是件多困难的事！他是骄傲的，有保护色的，又那么"性格"的！她抬头仰望他，一脸的喜悦，一脸的狂欢，一脸的幸福！她还怕被拆散吗？她什么都不怕了！终于，醉山轻咳了一声，他喉中有个硬块在滚动。

"这番话，你以前说过吗？"他哑声问。

"以前，没有机会，也没有力量逼我说这些话！"

"你爱过很多次！"他提醒他。

"唔，"他支吾着，"我以为，我们可以免掉再去研究历史。我不想对我的过去再说什么。因为，我刚刚已经说过了，都是我错！"

"这次呢？会不会又是你错？"

"可能是。"他更坦白地说。

"什么？"明霞惊问。"错在一开始，"他说，低头看坐在那儿，拉着他的手，痴痴凝望着的他的访竹，"我不该来你们家，我不该认识她，不该受她吸引，不该去斜阳谷……"他摇摇头，"很多很多的错，最错的是去爱上她，也允许她爱上我！"

访萍从沙发中跳了起来，满眼泪水，她扑过去抓住父亲的双臂，摇撼着他，嚷着："爸爸！您好心一点吧！您慈悲一点吧！您还忍心赶走他吗？"她掉过头来，热烈地伸手给飞帆，"我第一个接纳你！顾飞帆……哦，不，姐夫！"

飞帆感激地用左手握了握访萍，他的右手始终握着访竹的手。

醉山挑起了眉毛，终于粗声大气地说："明霞，咱们输了，孩子有他们自己的世界，我们只能祝福，不能代他们去过一辈子，是不是？与其让孩子恨我们，不如大方一点，你说呢？"

明霞闪动着满眼的泪水。"我说……"她看看窗子，"天都亮了，我看他们都闹够了，一个哭了一夜，一个走了一夜……我还是去厨房弄点东西给他们吃吧！"她真的走进了厨房，去掩饰她那脆弱的感动之情。

访槐大踏步地走向飞帆，瞪着他。"顾飞帆，"他说，"我一点都不喜欢你！"

"我知道。"飞帆说。

"我不喜欢你那些历史，不喜欢你的传奇故事，不喜欢你什么打老虎……也不喜欢你把我们家闹得天翻地覆，弄得我一夜没睡……不过，将来有机会的时候，我们私下得谈谈！"

"哦？"飞帆狐疑地问。"你必须把你追女孩子的秘诀传授给我一些！"说完，访槐转身向外走，"倒霉，一夜没睡觉，还要赶去上班！"他打开门，消失在门外了。一句话提醒了亚沛，他看看表，惊呼着："哎呀，怎么都八点多了？我也要去上班了！"他过去拍拍飞帆的肩膀，"别忘了请我喝谢媒酒！"

"等我！"访萍喊，"你顺路送我去学校，我第一节还有课！"

一时间，屋子里的人就各走各的，散了个干干净净。连纪醉山也识相地避进卧室里去了。

客厅里，只剩下了飞帆和访竹。

他们相对注视，千言万语，欲说还休。对他们两个，这一夜都像一个世纪般漫长，但，也在这一个晚上，他们对彼此，都更深地认识了一层。他们对视了许久，终于，他把她从沙发深处拉起来。他拥着她的肩，走向窗子前面。

他推开了窗子，日光四射着透进屋内，太阳在远远的天际闪耀，放射着万道光华。

他回头看她，她整个人都浴在阳光里。

"从今天起，"她低语着，"只有阳光，没有乌云！从今天起，只有未来，没有过去！从今天起，只有欢乐，没有哀愁！"

他揽紧了她，虔诚而热烈地揽紧了她。

"是的，"他喃喃地说，"从今天起，所有的问题都没有了！所有的阴影都没有了。"真的吗？真的吗？他们相拥在那儿，沉溺在彼此激动的情怀里，谁也没注意乌云正悄然移来，阳光已不知不觉地隐进云层里去了。

一连许多醉人而温馨的日子，不用再躲躲藏藏，不用再担心害怕，不用再撒谎逃避……幸福的日子如飞般消失，暑假来了，访竹也毕业了。这是她答应飞帆结婚的时刻，纪家上上下下，也都知道他们的计划。忙碌开始了，一谈到结婚，总有那么多现实的事要做，选日子，做衣裳，订酒席，印请帖，布置新居……这是纪家第一次准备嫁女儿，又是嫁给这样一个奇特的人物！新人，结婚是当新人，可是，访竹将是飞帆"第四任"妻子。在国外，这可能是司空见惯的事，在国内，这毕竟太不寻常，难怪纪醉山夫妇都随着婚期的接近，变得不安、紧张、烦躁，而又隐忧重重了。

婚期选在九月十五日，根据皇历，是大好的上上吉日。七月起，大家的生活就都乱了。新居当然用飞帆的大厦公寓，不需要再装修，却需要添购很多东西，从墙上的字画、装饰品，到床单、床罩、浴巾、台灯、锅盆碗灶……一一买起。晓芙最热心，几乎成了男方的代理人，什么想得到的，她都一手包办，买这个，买那个，她出入顾家，比谁都频繁。

　　访竹是忙于添衣服，买首饰，做嫁衣。飞帆坚持不用租来的，要为她定做一件全新的，式样来自欧洲时装杂志设计的礼服。于是，选材料、量身、试身……忙得不亦乐乎。那件礼服用了许多白纱，纱上缀了许多粉红色的小玫瑰花，婚纱是用粉红玫瑰编成花环，再披垂下一片轻雾似的薄纱……试装那天，飞帆就看呆了，她穿着新娘礼服，玫瑰花下，面庞隐在婚纱中，如仙，如梦，如一首最美最美的诗。那合身的剪裁，显出她细细的腰肢，拖地的礼服，显出她修长的身段……这个女人，这个像一支梦幻曲般的小女孩，将成为他的第四任新娘吗？顾飞帆几乎不能相信，每次他看她，都有不敢置信的感觉。他越来越觉得一切都像梦，他兴奋、紧张、失眠、心悸……这种感觉，是他和微珊结婚前都没有过的。那时，他只有兴奋和期待的快乐，却不像这次有患得患失的恐惧。他生怕到了婚期，纪家夫妇又会反悔。连访竹在接近婚礼的时期里，也变得反常起来。她有时会很尖锐，有时又会莫名其妙地伤感起来，有时快乐得像只飞在云端的小鸟，有时又沉默得像躺在河床边的小鹅卵石。她极端敏锐，又极端易感："你以前的新娘，也穿订制的礼服吗？"她会问。

"你一定没有新奇感了哦！结婚对你不是陌生的事了！是不是？"她还会问，"要请多少你的客人？那些公司的老职员，会不会参加你的婚宴都参加腻了？"她再问。

终于，一天晚上，他忍无可忍地抓住了她的胳膊。

"访竹！"他喊。"嗯？""以后我们要共度那么长远的岁月，我希望我们的生活里只有快乐，没有忧愁。为了我们的婚姻，我们都挣扎过，奋斗过，好不容易才论及婚嫁。我——能不能请求你一件事？"

"唔！"她哼着，极度不安。

"再也不要提过去！连暗示都不要！"他诚挚地、稳重地、低沉地说，"过去种种，都已经死了，葬了，化成灰了！别提它，让我们用最愉快的心情来接受未来，行不行？如果你再这样问些让我刺心的问题，我会受不了！访竹，我真的受不了！"她投进他怀中，立刻抱紧他，把面颊藏在他胸前的衣服里。"我不好！我不好！"她低呼着，"我想，我害上了婚前紧张症！"他推开她，吻她。噢，他不敢告诉她，他也害上了婚前紧张症！不过，从那晚开始，她就再也不暗示过去了，她小心避免一切能让两人想起过去的事情。她努力去想未来。她的家！她和飞帆的家！可以朝朝相对，暮暮相依！可以一起唱歌，一起谈天，一起度过年年岁岁！还可以——有两个小孩！她脸红了，哦，是的，起码要两个小孩，她爱孩子，有孩子的家庭才有欢笑。她又变得甜蜜了，温柔了。甜蜜得让人心动，温柔得让人心醉。哦，太好了！飞帆几乎焦灼地等待着，九月十五日！太远了！为什么不订在八月十五日呢？他那么迫切地、迫切地想拥有她呀！"我的访竹。"他常拥着她喃喃低语，"我的！我的！我的！你每根头发，每个细胞，每个思想……还有这手指……"他吻她每个指尖，"都是我的！"

她眼眶潮湿，紧依在他的怀中，她低声说："傻呵！飞帆！你是个傻瓜！"

为这个，她写了几句话："我认识一个傻瓜，他不怎么漂亮，不怎么潇洒，但是他每个表情，每句话，都让我迷失，让我喜悦，让我牵挂！"

他喜欢这首小诗，说她有那么"一点点"文学天赋。她红着脸瞅着他，说这一点点"小天赋"还是他给的灵感。他忙不迭地点头表示同意，她敲打着他的肩膀，又笑又气又欣赏又甜蜜地叫："我认识一个傻瓜！他又骄傲又臭……"

"我也认识一个傻瓜，"他打断了她，笑着说，"说不出她有多笨，说不出她有多傻，说不出她的糊涂和笑话——只为了，她要嫁给一个傻瓜！"

于是，他们相对大笑，笑得滚成一团，笑得喘不出气来，笑得从沙发上滚到地下，笑得她头发凌乱，面颊潮红，笑得……他忍不住把嘴唇紧贴在那"笑容"上。

这种日子，是期待、甜蜜、紧张、焦灼、忙碌……的综合。这种日子，简直没有闲暇来"孤独"，连那斜阳谷的蜜蜂阵都再引不起两人的兴趣。幸福，是被两人紧捧着的，紧抱着的，紧紧紧紧攥着的。但是，一件飞帆完全没有料到的事情却发生了。

第八章

　　距离婚期已只有一星期，那晚，明霞要带访竹去拿最后的一批新装。飞帆难得一个人在家布置新居……实在没什么可布置的了。他就把一张访竹的放大像，配了镜框，放在小茶几上。访竹说好，一试完衣服就来这儿。他要给她一个小意外，在照片下端，他写了几行小字：

　　　　水是眼波横，山是眉峰聚。
　　　　欲问行人去那边？眉眼盈盈处。

　　把照片框擦得亮亮的，他斜倚在沙发中等访竹，每隔一分钟看一次手表。当电话铃忽然大作的时候，他还以为是门铃，差点跑去开门了。然后，才醒悟过来是电话，拿起电话听筒，对面就传来晓芙略带紧张的声音：

"飞帆，访竹在你身边吗？"

"噢，没有。"他的心一紧，晓芙的语气古怪，访竹出了事！撞车？不！他飞快地摇头，急促地问，"怎么了？发生了什么事？""说不清楚，我马上过来！"

"喀啦"一声，电话挂断了。飞帆顿时浑身冷汗。访竹出事了！访竹出事了！他模糊地想着，忽然记起，第一次见访竹，她泪眼盈盈。后来，她说是为了哈安瑙。哈安瑙——小说中的人物。她在婚前摔断了腿，从此不见她的未婚夫！会有这种事情吗？晓芙一定得到了什么消息。访竹去拿衣服，能出什么事？撞车？老天，为什么一定要想到撞车？他跳起来，绕室徘徊。然后，他疯狂地骂自己，傻瓜！不会打电话到纪家去问吗？他立刻拨号，接电话的是访萍，一听他的声音，访萍就笑开了："哎呀，姐夫，一个晚上不见都不行吗？她跟妈妈去拿衣服，如果太晚就不会去你那儿了！什么……你要来等她？少讨厌了！我们家地方小，你们两个把客厅一占，我们都没地方去……"门铃真的响了，晓芙来了，她来得可真快。听访萍的语气，访竹不会有事的，或者，又是他的"婚前紧张症"！挂掉了电话，他匆匆走到门边去打开大门。

晓芙正站在门外，她行色匆匆，脸色凝重，很快跨进门来，她关上门，四面张望："访竹真的不在吗？"她怀疑地问。

"真的不在！"他焦灼地看她，"怎么了？到底怎么了？有什么事……"晓芙拉住他的手臂，把他一直拉到沙发边，按进沙发里，她仓促地说："你坐好，别晕倒，我有事要告诉你！"

"晓芙！"他喊，血色从面颊上消失，"不要卖关子，有话快说，到底怎么了？""你要重新考虑和访竹的婚姻！"晓芙说，声音低哑而严重，态度严肃而正经，"最起码，婚礼不能如期举行！"

"为什么？"他惊喊。晓芙死盯着他，她眼里闪着泪光。这使他更加心慌意乱，和晓芙认识十几年，他没看过她掉眼泪。他惊惧而恐慌，手脚都冰冷了。"晓芙！"他喊，"看在老天份上，你做做好事！怎么了？到底怎么了？是访竹——去找了你？她说了什么？"

"不，不是访竹。"晓芙说，"是微珊！"

"微珊！"他大大一震，面孔雪白，"微珊不是在巴西吗？不是嫁了吗？""是的，"晓芙深深地看他，像要看进他灵魂深处去，"可是，她回来了！""回来了？"他惊诧地说，思想一片混乱，完全整理不出头绪来。"她从巴西回来了？她丈夫呢？她现在在哪里？"

"在我家！"

"什么？"他惊跳，"在你家？微珊在你家？"

"是的。你听我说，飞帆。我长话短说，微珊和她父母全家都移民到巴西，是因为你。那时，舆论使他们全家都快疯了。你知道微珊的父亲是很要面子的，报纸把你的事供出来，绘声绘色，黛比的照片天天见报，他们根本受不了。起先，微珊一个人去了欧洲，等你又和燕儿结婚之后，两位老人家就去了巴西。微珊从欧洲到巴西跟父母会合。几年前，微珊嫁给了一个巴西人……"

"你不是说，她嫁给了一个博士？"飞帆惊问。

"那是骗你的。微珊已经结婚了，何必让你难过？事实上，那个巴西人简直是个野蛮人，微珊嫁他主要是怄气，还在和你怄气。你能娶外国人，她就能嫁外国人！但，这些年，她等于活在地狱里，那巴西人是个虐待狂，他打她，经常打她，打得她遍体鳞伤，他在外面还另有女人。去年年底，微珊的悲惨历史再度重演，这巴西人别有所恋，遗弃了她。"

飞帆目瞪口呆，定定地望着晓芙。

"微珊第二度离婚后，就整个崩溃了。她住进了精神病院，治疗了差不多足足半年。这使微珊父母都破了产，他们从大房子迁小房子，小房子迁贫民区……"

"你怎么不告诉我？"飞帆吼了起来，抓住晓芙的胳膊，"你怎么不告诉我？"他大叫，脸色由苍白而涨红了。"我可以去一趟巴西，我可以安排一切……"

"别叫！"晓芙说，沉重地看着他，呼吸急促，"如果我知道，我当然会告诉你，问题是我根本不知道。微珊结婚后就和我断了联络，我一直以为她很幸福！"

"你什么时候知道的？"

"今天。微珊告诉我的！"

"她才回来？"

"我今晨接到她的电报，上午，冠群和我开车去机场，把她接到我家，她才把一切告诉我。我还没说完呢，你听好，今年三月，微珊的父母在一次大车祸里双双丧生。微珊在巴西所有的亲友都没有了，这打击把她再度送进了精神病院。这次，她住的是国办的那种——疯人院。她很可能一生都会在疯人院里度过了。可是，有位很好的老医生治好了她，最主要的，她在那医院里认识了一个意大利籍的女护士，据微珊说，这护士曾经在黛比的亲戚家或朋友家里待过……她证实了你的故事，那逼婚的故事！不过，据我猜，这护士只是来自美国，为了安慰微珊，而故意顺着她的心说的。"

飞帆睁大眼睛看着晓芙。

"结果，微珊像奇迹一样又出了院，她忽然决心回来了，回来——原谅你。她这么说的。"晓芙的泪珠夺眶而出，她打开皮包，取出手帕擦了擦眼睛，她含泪凝视飞帆，"飞帆，我从没遇到过像你有这么多故事的男人，也从没遇到过像微珊那样悲惨的女人！你知道吗？当她提起你的时候，她的眼睛发光了，她好像又和以前一样美了。我这才知道，她一生里没有爱过别的男人，除了你！"

飞帆费力地和脑中一阵突发的晕眩挣扎，他的眼眶涨红了，湿了。跳起来，他沙哑地说："走！"

"去哪儿？"晓芙问。

"去你家看微珊呀！"他急促地说。

"你先不忙，你听我说完！"她把他拉回沙发里，"我今天和微珊谈了一整天。她说，她最后悔的事，就是当初不肯听你的解释，你的信，你的电话，你的电报……她统统不相信，她只是恨你，恨不得想杀了你。可是，现在，她不恨你了，她反而恨自己，恨自己当时的倔强、固执和——无情。"晓芙哭了，用手绢捂着眼睛。她哽咽着说不出话来。

飞帆咬紧牙关，他胸中在翻腾。

"晓芙，"他低沉地说，"你还有事在瞒我！"

"是的！"晓芙猛然拿开手帕，红着眼睛看飞帆，"我还瞒着你一件事，你马上就会发现的事！"

"是什么？"

"微珊不是以前的微珊了！"她抽着气，忍不住呜咽，"不是你当年娶的那个人见人爱的系花，那个光彩夺目的女人。她已经变了。飞帆，你要有心理准备。她以前的骄傲、快乐、自信、美丽、才华……都已经变了质。她完全不是当年的微珊了。事实上，她……她……她并不很正常，她的病并没有全好。她一直说重复的话，可是，她非常兴奋，非常兴奋，她急于要见你。她对于——燕儿和访竹都一无所知。她以为——你离开黛比之后，就一直在想念她，还和以前一样爱她，还和以前一样……她说了许多旧事，你在落叶上题诗，在女生宿舍外拉整夜的小提琴，还有郁金香，记得郁金香吗？……她不停地说，不停地说……哦，飞帆！我从没责备过你，可是，看到微珊这种情况，我——真恨你，是你，你毁了她这一生了！"飞帆的身子晃了晃，又从沙发里站了起来。

"走！"他沉声说，"她不是在等我吗？我们还发什么呆？走呀！"晓芙坐着不动。"晓芙！"飞帆喊。晓芙抬头望着他，泪光闪烁。"飞帆，"她说，"我要问你一句实话！"

"什么话？"飞帆不耐烦地问，不耐烦而焦灼。他不由自主地回忆着微珊，微珊偏爱鹅黄色，鹅黄色的运动衫，鹅黄色的短裤，她活跃在网球场上，长发翻飞，衣袂翩然，身材亭匀，像一朵盛开的黄色郁金香。是他第一个为她取了个外号叫"郁金香"，后来全校都叫她"郁金香"。他们结婚的时候是春天，席开一百桌，每桌上都有一朵郁金香。噢，那是多久以前的事了？一个世纪？一万年？一亿年？而现在，她回来了！带着满身的创伤回来了！微珊，邓微珊！邓微珊！他曾深爱着、深爱着、深爱着的邓微珊！

"我要问你，"晓芙说，"你还爱她吗？"

还爱她吗？飞帆怎能回答？如果没遇到访竹……噢，

访竹！这名字从他心底抽搐过去，是一阵尖锐的刺痛。他脑子里混乱成了一团，无法分析，无法思想。他的目光不由自主地移向小几，那儿有访竹的照片！

晓芙追随着他的视线，也看到访竹的照片，她下意识地拿了起来。访竹浅笑盈盈，双眸如水，浑身上下绽放着青春的光芒！她看到那几行小字了：水是眼波横，山是眉峰聚。欲问行人去那边？眉眼盈盈处。晓芙念着那句子，死盯着飞帆："是吗？飞帆，我就是想问你，去那边？去那边？眉眼盈盈处！谁的眉？谁的眼？"

飞帆背脊上冒出了凉意，他苦恼地看着晓芙。谁说过去的事都已化为飞灰？飞灰也会复活？谁说过去都已过去？过去也会回来！他深深吸气。微珊在等他，微珊急着要见他，微珊很兴奋，微珊已经原谅了他⋯⋯

"不管怎样，"他坚定地说，"我现在要去看微珊！我迫不及待地要去看微珊！别的事，都再说！"

他走向门口，是的，微珊！在这一刻，他心中确实只有微珊，那为了他而浪迹天涯，为了他而受尽忧患，为了他而带病归来的邓微珊！至于访竹，那即将成为他的新妇的访竹，他用力甩头，他暂时不能想，不能想⋯⋯

他和晓芙很快走出门，走进电梯。

飞帆走进了晓芙的客厅，他几乎一眼就看到了微珊。

微珊蜷缩在那大大的沙发中，正啃着手指甲。事实上，在晓芙带飞帆来见微珊之前，已经用了将近两小时的时间来清洗打扮她，晓芙不能让微珊那种邋遢的样子吓住飞帆。现在，微珊穿着件晓芙的睡袍，纯白色的睡袍上滚着浅紫色的花边，睡袍很考究，只是，穿在微珊身上显得太大也太不相称了。飞帆一眼就看出来，那睡袍里的身子是骨瘦如柴的。她的头发洗得很蓬松，她本有一头乌黑乌黑的长发，现在剪短了，短得只到耳边，并且是参差不齐、干燥断裂的。在那蓬松的头发下，藏着一张瘦削的、骨骼突出的脸庞，那脸庞几乎只有一个巴掌大。她的嘴被手遮住了，因为她正猛啃着手指甲，像在吃鸡爪似的。但是，她那对乌黑发亮的眼睛，却瞪得好大好大。这整个脸庞上，似乎只有这对大眼睛！

飞帆依然被吓住了！怎样都无法把面前这个女人和微珊联想在一起，微珊是神采飞扬的，是骄傲自信的，是美丽得让人喘不过气来的，是妩媚多端的，是灵活爱笑的，是口齿伶俐的，是……那么聪明，那么灿烂夺目的……而现在，这个女人，这个蜷在沙发中，神经质地啃着手指甲的女人，就是当年那亭亭然，袅袅然，一枝玉立，如一朵盛开的郁金香般的少女吗？

飞帆被吓住了，震呆了，但是，也激动了。

他一下子就冲到微珊的沙发前面，半跪在沙发前的地毯上，想仔细地再看清她。微珊眼见飞帆冲过来，立刻，她用手臂把整个脸都遮住，把面庞藏到那宽大的睡袍袖子里去了，她转身伏在沙发背上，用力地呼吸，却不抬起头来。

"微珊！"飞帆激动地喊着。

那白色睡袍中的身子一阵战栗。

"微珊！"飞帆再喊，想伸手去抓她的手，又不敢去碰她，只觉得这小小身子像一堆勉强拼拢的积木，只要轻轻一碰，就会整个碎掉垮掉。晓芙走了过来，把手温柔地按在微珊肩上。

"微珊，"晓芙说，"我把飞帆找来了，把你对我说的那些话，对他说吧！你不是要见他吗？你不是急着要见他吗？怎么又不肯面对他呢！"那身子更强烈地颤抖了。

"我……我不能抬头，"她终于吐出了声音，一个软弱无助，像孩子般的声音，"我——不敢让他看我。"

"怎么呢？"晓芙问。

"因为……因为……因为我很丑！"

飞帆震动了，伸出手去，他再也不顾这堆积木会不会被碰碎，就一下子托住了她的下巴，强迫她转过头来了。她很害羞地、怯怯地、被动地看着他。立刻，像奇迹一般，那对眼睛又生动了，又灵活了，又发光了，又恢复到往日的美丽了，她紧紧地盯着他，嗫嗫嚅嚅、口齿不清地呼唤出一句："飞帆！"

骤然间，泪水涌上来了，浸在水雾里的眸子依旧那么黑，那么亮，那么清丽！哦，微珊！飞帆心痛地闭了闭眼睛，把她迅速地拥进了怀中。哦，微珊！在这一瞬间，他竟想起两句歌词："我终日灌溉着蔷薇，却让幽兰枯萎！"微珊倒进了他怀里，用手死命攥住他的衣襟。他们相拥在沙发中。在一边旁观的晓芙和冠群，眼眶都发热了。晓芙拍了拍飞帆的肩："飞帆，你们两个好好谈谈，我和冠群在卧室里，需要我们的时候，叫我们一声！"

飞帆点点头，冠群和晓芙进去了。

微珊依然在颤抖，似乎不胜寒瑟。飞帆极力拥抱着她，那身子的瘦小和枯瘠使他震惊，当年的微珊，是发育匀称的，是女性的，那纤肥适中的身段是她许多优点之一。现在呢？她只是一堆积木，一堆随时会散开的积木。他喉中涌上了一个硬块。顾飞帆！你是个刽子手！顾飞帆，看看你做的好事！看看吧！终于，微珊又抬起头来了，她含泪看他，努力想微笑，那微笑在唇边尚未成型就消失了。她的眼神是兴奋的、惊怯的、不相信的。"飞帆，"她开了口，伸手小心翼翼地摸他的脸，才碰到他，就飞快地把手缩回去了。"我……我……"她瑟缩着说，"不再怪你了！不再恨你了！"

"不。"他挣扎着，想起她寄离婚证书给他时所附的纸条："我活着，永远不要见你的面，我死了，愿化厉鬼报复你！"那么倔强的女孩，怎变得如此怯弱？他宁可她抽他两耳光，怒骂他上千上万句，而不要这样软弱凄凉的她！"不。"他摇着头说，"你该怪我的，你该恨我的！是我对不起你！我做错太多事！"

"不！不！"她开始兴奋而激动了，坐正身子，她目不转睛地看他，抽着气，又哭又笑地说，"是我不好，我不好，我很坏，我对你太坏了！你没有错，你写了信给我，你又打长途电话来……你知道，我把信烧掉了，我把你的信烧掉了……"她侧头沉思，似乎陷入一种久远的世界里，"我不接那些电话，我摔掉了听筒……哦，我对你太坏了！我不该那样做，我是个坏女人！坏女人要受报应……后来，我真的受报应了！你瞧！"她忽然撸起衣袖，让他去看她的手腕。那手腕细瘦得可怜，但，真正让他心惊肉跳的，是那手腕上的伤痕，一点一点褐色的灼伤，遍布在手臂上。

"这是什么？"他惊问。

"那个人，"她犯罪似的垂下睫毛，"他用香烟烧我！他总是烧我……我应该的，因为我对不起你，我背叛了你！"她放下衣袖，喃喃地说，"我对不起你，飞帆，我把你的信烧掉了……我对不起！""老天！"他喊，"不要再说对不起我！你没有任何事对不起我！不要再这么说！不要！"

她惊悸而恐慌，怯怯地看他，身子立刻往后退缩，似乎他会打她。"是，是，是。"她颤抖着说，"我不说了！不说了！再也不说了！"她不住往后退。

他不信任地看着她，他吓住她了，只为了他喊了一句，她就吓坏了。上帝！她遭遇过多少苦难，才会变成这样一个畏怯的、抖抖索索的小妇人。他又记起了，那活跃在网球场上的年轻女孩，长头发飞呀飞的，她飞奔，欢笑，利落地接球，球成弧度飞出去，她那短短的运动裤下，是奔跑着的……修长的腿。一切像电影里的慢镜头，从他眼前缓缓地浮过去……

他的沉默使她更加慌乱了，她伸手摸摸他的手，又害怕似的缩了回去。"你生气了。"她低语着，"你生气了。"她又往后退。

"没有。"他回过神来，努力振作自己，努力去面对她。她已退缩到沙发的另一头去了。他对她伸出手。"过来！"他温和地说，"过来！"她很顺从，很听话地过来了。

他握紧了她的手。"微珊！"他柔声叫，"你回到台北来了，在外面受的那些苦可以完全忘掉，明天，我带你去看医生……"

"不不！"她惊惧地喊着，"不要！飞帆，不看医生！我已经好了！我一看到你，就什么病都没有了！不看医生，求求你，不看医生……"她急促地说，泪光莹然。"你知道，我不需要，只需要你！一直就是这样的，我一直知道的！他们说我疯了，我没有！我只是想你，想你，想你！飞帆如果你太想太想太想一个人，就会有点疯疯的。我并不是真的有病，你相信吗？""是的。"他咬牙，咬得牙根都痛了，"我相信。好，微珊，你别怕，我们不看医生！"

"谢谢你！谢谢你！"她一迭声地说，真诚的感激使她落下泪来。她飞快地擦去泪痕，又努力对他笑："我好傻，看到你还哭。我发过誓，如果看到你一定要笑，绝对不哭。你记得吗？在读书的时候，你写了好多信给我，你的花招顶多了，有一次我过生日，你送了我一个蛋糕，上面全是鲜奶油做的郁金香。我切开蛋糕，里面居然有个小盒子，小盒子里还有一张小小的卡片，记得吗？你在卡片上写着两句话：'愿每分每秒，每天每年，看到你的笑。'哦！飞帆，我不哭了，我再也不哭了，我会为你笑！"她真的笑着，笑得让人心酸，笑得让人想流泪。"我以后，会每分每秒，每天每年，都为你而笑。"飞帆倾听着，眼眶发热，旧时往日，被她的话一一勾起。那些疯狂的日子，那阵疯狂的追求！微珊，外文系之花，全校男生瞩目的对象。那些写诗、唱歌、拉小提琴、传递情书、使出浑身解数的日子，那些……那些……那些过去的岁月！那些永远"过不去"的岁月！

"记得吗？记得吗？"她仍然在诉说，面颊因兴奋而泛起红潮，"你第一次吻我，在校园里那棵老榕树下面，我紧张得不知所措，你没办法，把我搂在怀里，在我耳朵边悄悄说：'我没想到你还这么纯，你连接吻都不会！'然后，你低低教我，我一羞，就逃跑了！你记得吗？记得吗？哦，飞帆，"她崇拜而热情地凝视他，"那是我的初吻！真的。”

怎会忘记？怎能忘记？那纯洁的小女生，闭紧了嘴唇，紧张得浑身僵硬。哦，微珊！他注视着面前蓬着一头乱糟糟的短发，憔悴而神经质的女人。微珊，我的微珊。她虽然这么消瘦了，她虽然这么憔悴了，她虽然不再美丽，不再青春，不再光芒四射了……却依然记得往日的点点滴滴！想必，那些被关在精神病院里的日子，她就靠这些“回忆”来活着的！哦，微珊，她还是他的微珊！

这晚，微珊就一直念念叨叨地说着，说了笑，笑了又哭，哭完慌忙道歉，再笑，再说……随着时间的消逝，她越来越有真实感了，越来越放松了。她敢触摸他，她敢主动地握他的手了，她甚至敢把那干枯的嘴唇印在他的手背上了。她失去的幸福和欢乐似乎像注射葡萄糖一般，在一点一滴地注进她生命里去。他说得很少，只要倾听她，心痛地凝视她，抚摸她的面颊，紧握她的手——给她力量。因为，有时，她会忽然定定地看着他，期期艾艾地说：“飞帆，是你吧？确实是你吧？”

“是我！当然是我！”他会慌忙说。

“是你！可是，你在恨我吧？我对不起你！”

“我永远不会恨你，我从来不恨你！”

她感激地双手合十，两眼紧闭，喃喃祈祷。然后，再飞快地睁开眼睛来，看他还在不在身边。

这样折腾着，述说着，哭着，笑着，回忆着……终于，她筋疲力尽。最后，倚在他的手腕上睡着了。他不敢动，怕惊醒了她。在他们这长长的谈话间，电话铃响了许多次，都被晓芙和冠群在卧室里接听了。后来，大概晓芙怕电话声再惊扰他们，就干脆把电话开关拨进卧室，让他们安静地相聚。

第九章

　　飞帆一直等到微珊睡得很沉很沉了，才轻轻把她的头放在沙发靠垫上，把她的身子放平在沙发上。他站起身来，浑身酸痛，满心怜惜。他对她看了好一会儿。她睡在那儿，眼角已有皱纹，眉头轻锁……她睡得依然不稳吧？她那么瘦，那么小，那么枯萎，像一朵凋谢的郁金香。他心中蓦然紧缩而痛楚。微珊啊微珊？为谁花开？为谁花落？为谁春来？为谁春去？他看到她在梦中轻颤，她冷了。他想着，悄悄地走到晓芙卧室门前，敲了敲门。晓芙立刻就开了门。"怎样？"她关怀地问。

　　"嘘！"他低语，"她睡着了，有毛毯吗？"

　　"有。"她反身进去，拿了一床毛毯出来。飞帆把毛毯小心地盖在微珊身上，微珊蠕动了一下，喃喃地梦呓着："我会笑，会为你笑。"

他咬咬牙，把毛毯拉到她的下颏处，盖住了那瘦骨嶙峋的肩头。站起身来，发现冠群夫妇都出来了，若有所思地望着他。晓芙对他招招手，走到远处的窗前去。他跟了过去，冠群也跟了过去。"你预备怎么办？"冠群开门见山地问。

他怜惜地再看了熟睡的微珊一眼。

"我要治好她！"他说。

"怎么治？"晓芙插了进来，"飞帆，我必须提醒你，她身体上只是衰弱而已，真正的病在心里。飞帆，要治她，要杀她，可能都在你一念之间了！"

"晓芙！"他诧异地看她，"你以为我会置她不顾吗？我说了，我要治好她！""飞帆，"晓芙又压低声音说，"访竹打了好几个电话来找你，她很担心。她说你们晚上约好了要见面的，她到你的公寓去，门锁着，她进不去，按铃也没人理，打电话也没人接，所以，就打电话给我，问我知不知道你在哪里？怎么不跟她联系？"哦，访竹。他心中又一痛，紊乱的人生！紊乱的遭遇！紊乱的感情！紊乱的顾飞帆！他转过身子去看窗外，不敢看晓芙。他低沉地问："你怎么说？""我撒了谎。我说你和冠群一起出去了，去哪里我也不知道。于是，她每隔半小时就打电话来问我，你们回来没有？我看，你需要打个电话给她！"

"现在吗？"他看看表，逃避地，"快一点钟了，她大概已经睡了。"晓芙盯着他："你明知道她不会睡！"

飞帆用额头抵着窗玻璃，头痛如绞。访竹！他那即将结婚的小妻子！那和家庭奋战来宠护他的小妻子！访竹，他眼前闪过访竹的形象：明眸皓齿，清灵秀丽，年轻得像枝头初绽开的小花蕾，浑身上下都是诗情画意，都是美丽，都是青春！他再想躺在沙发上的微珊，憔悴，病弱，瘦削……再也谈不上青春和美丽。十年前，微珊把她的青春和美丽送给了一个男人，完完整整地送给了一个男人，却落得今日的情况。他回转身子，看那躺在沙发上的女人：不再青春，不再美丽。"你在想什么？"冠群问。

"冠群，能不能给我一杯酒！"

"你不要喝醉！"晓芙说，"你应该保持头脑的清醒，现在是你最需要清醒的时候！"

"我很清醒，我需要一杯酒！"

"给他喝吧！"冠群说，"如果我是他，我现在需要一加仑的酒！"倒了两杯酒，两个男人站在窗边喝着酒，默然发呆。有电话铃响，晓芙慌忙冲进卧室去接电话。趁晓芙走开，冠群对飞帆很快地说："飞帆，晓芙很女性，你知道女人感情上的脆弱。你和访竹，婚期已定，请帖都发了，再有变故，不知道后果会怎样？访竹也是个感情强烈的女孩，不论怎么做，你要小心。如果你舍微珊而选访竹，我绝对能理解，也绝对能同情。总之，我们谁也没料到，微珊会在这个紧要关头跑回来，是不是？"

飞帆深深地看了冠群一眼，感激地点点头，啜着杯子里的酒。晓芙在卧室门口对飞帆招手。

飞帆的心一沉，访竹的电话！该怎么对她说呢？怎么说呢？他走到卧室门口，果然，晓芙指指卧室里的电话机，很快地说："去接电话，怎么圆谎是你的事！我告诉她你和冠群刚刚才到家，我还没来得及问你们的去向呢！"

飞帆蹙紧眉头，只觉得头更痛了，痛得连胃里都痉挛起来了。他把酒一口喝干，把杯子递给晓芙，匆匆地说："再给我一杯！"晓芙瞪了他一眼，去给他倒酒。

飞帆接起了电话。"访竹，"他说，"对不起，让你担心！"

"你是怎么啦？"访竹那清脆而温柔的声音传了过来，那么柔嫩，那么细腻，他的心脏立即绞痛起来。"访萍说，是她给了你钉子碰，把你碰跑了？真的吗？你这人也真是，我不是说好去你那儿的吗？""是，"他勉强地说，语气短促，他怕太长的句子会泄露什么，"我忘了。""忘了？"她怔了怔，沉默了一会儿，才问，"你好吗？飞帆？你没发生什么事吧？如果有什么事一定要告诉我！"

她多敏感！是的，她一向是敏感的，是反应迅速的，是能透视进他内心的，是了解他每根纤维的。

"是……是……"他竟无法撒谎，他竟编不出任何借口。"是发生了一些事，"他说，声音有些不稳定，"访竹，明天我再告诉你！"访竹沉默了片刻，他有些担心。

"访竹？"

"现在！"访竹说，"现在告诉我！"

"不行！"他吸了口气，"太晚了，你睡吧，明天我一定告诉你！我答应你，明天再说！"他很快地挂断了电话，浑身乏力地坐倒在地毯上。晓芙走进来，递给他一杯酒。

他握着酒杯，电话铃又响了。他叹口气，苦恼地凝视那电话，想不接，晓芙拿起听筒，硬塞进他手里去，说："有你这样的朋友真倒霉！你不接，要它响一夜吗？"

飞帆无可奈何地接听那电话。

"飞帆！"访竹在问，"是你吗？"

"是我。"他软弱地答着。

"你别急着挂断电话。"访竹的声音已有些不稳定，她带着微颤，"我只问你一句话，你要老实告诉我，你有没有撞车、生病？还是身体上出了什么问题？"

"不，"他急促地说，"绝没有。访竹，不是这种事！不要乱猜！""那就好了！"访竹如释重负，居然笑了，"那么，对我而言，就不会有任何严重的事了。拜拜！"她挂断了电话。

飞帆瞪着那听筒，足足瞪了两分钟，才把听筒挂回到电话机上。然后，他举起酒杯，一口气干了那杯酒。

访竹这一夜睡得很不安稳。

她做了许多稀奇古怪的噩梦：一忽儿是她和飞帆跋涉在一个沙漠里，四面全是风沙，她一转头，飞帆不见了，她狂呼着他的名字，醒了，满头的汗。她再睡，有个神父在礼坛上主持着她的婚礼，那有粉红玫瑰花的婚纱如诗如梦地罩着她。神父在问，有没有人反对这婚事？她四面悄悄注视，一转头，整个礼堂空了，只剩下她一个人，孤零零地站在教堂里，连飞帆都不见了，她又狂叫着醒来，满身都是汗。再睡，她和飞帆走进了一座原始丛林，像印度，像亚马孙河流域，像非洲，反正是个又大又阴森的丛林，蓦然间，丛林里冲出一只老虎，飞帆没有拔枪，她惊愕地回头张望，飞帆化为另一只猛虎，对她龇着牙咆哮，她这一惊，又醒了。

看看窗子，天已经亮了，她坐了起来，不想再睡，那些噩梦使她非常不安，飞帆昨夜的去向和电话也使她非常不安。她抱着膝，望着窗子上的曙色被黎明染亮。不知怎的，她忽然想起一本小说《简·爱》。简·爱在婚礼前一夜做噩梦，梦到她的婚纱被人撕碎了。醒来后，她发现婚纱在地板上，果然从头到尾被撕成两半。访竹惊跳下床，她并没有梦到她的婚纱被撕碎，可是，她却冲到衣橱边去，打开衣橱。她那件白纱礼服正灿烂夺目地挂在那儿，那婚纱漂漂亮亮完完整整地披泄着。"婚前紧张症！"她咒骂自己，不再睡了，去浴室梳洗。

吃早餐的时候，明霞仔细地看她："脸色不太好，昨夜没睡好吗？"

"还好。"她勉强回答。

醉山怜惜地看看访竹，又看看明霞。

"只剩六天了！"他说，"哎，还是生儿子比较好，女儿再疼爱，也是人家的！""算了！"明霞笑着说，"如果女儿老是嫁不出去，也够你头痛的！咱们两个女儿，倒都有主了，你该为儿子伤伤脑筋了！""我不用你们伤脑筋！"访槐说，"迟早，我会娶个太太回来！妈，您知道我为什么总看不上那些女孩，因为咱们家两个女孩太强了，相形之下，别的女孩都没她们好，我追得就不热心，我看，非要等她两个都嫁了之后，我才能讨到老婆！"访萍从卧室里奔出来，她和亚沛，已经决定分当伴娘和伴郎，访槐是总招待。访萍跑出来，边跑边嚷着："访竹，我那件伴娘装好像太短了，你说要不要送去再改一改！"

"访萍，"明霞说，"结婚的时候，大家都看新娘子，你的礼服长一点短一点都没关系。"

"何况你也名花有主，"访槐插进来，"用不着利用伴娘的身份去吸引男人注意！""哎呀，你错了！"访萍大笑，"我正想引人注意呢！"

"为什么？"

"男朋友永远不嫌多，"访萍笑得开心，"多交几个，让亚沛也急一急，别笃定地以为我稳是他家人，不会出毛病！真的，"她歪着头沉思，一股调皮相，"我是该再交几个男朋友，只交一个就嫁了，太没意思！"

"你在说我吗？"访竹微笑地问。

"才不是呢！"访竹拥抱了她一下，对她做鬼脸。"真舍不得你嫁！来，帮我扣一扣领子后面的扣子。这些时装设计师总给人出难题，扣子钉在背后，人的手又没练过软骨功，怎么去扣那些扣子？"她拿了一块烤面包，一边吃，一边用背对着访竹，让姐姐给她扣衣纽。醉山和明霞看看这兄妹三个，模糊地想着，这种一家团聚的欢乐场面不会太多了。在儿女小时候就巴着他们长大，长大了也就飞了！"一旦羽翼成，引上庭树枝。举翅不回顾，随风四散飞。"白居易的"梁上双燕"早已写尽了人生！"噢，访竹，"访萍想了起来，"昨晚，顾飞帆是不是生我的气了？我叫他不要来家里等你，其实也是开玩笑！不过，我们这位姐夫啊，别人是一日不见，如隔三秋，他怎么一分不见，一秒不见，也会如隔三秋呢！何况，再忍耐几天，就分分秒秒都是他的人了……"

门铃响。访槐看表，早晨八时半。他一面倒退着去开门，一面举着手说："大家猜！是亚沛还是飞帆？"

"飞帆！"访萍说。"亚沛！"访竹说。姐妹互视，都忍不住要笑。只因为，两人都明白，各人说的和各人期望的并不是同一回事。

门开了，是飞帆！访萍胜利地挑挑眉，看了访竹一眼，心里却失望地在想，等亚沛来的时候不敲他脑袋才怪！人家结过三次婚的人比他还热情，深夜通电话，凌晨来报到，和飞帆比起来，亚沛的爱情就太淡了！敲死他！她心想！敲死这个感情淡如水的家伙。飞帆的脸色坏极了，眼神阴暗，心事重重。他连寒暄都没有，就很快地说："访竹，我来接你出去，有些事要谈谈！"

"哇，哇！"访萍怪叫，"还没有谈够吗？"

明霞诧异地看了飞帆一眼。

"怎么？"她问，"你昨夜也没睡好？"

"没什么。"飞帆掩饰地说，"只是头痛。"

"当心！"醉山不知怎的，一旦接受了飞帆，就心疼起他来，"最近流行性感冒闹得很凶，马上要结婚了，可别传染上，还有好多事要忙呢！""我知道。"飞帆简短地说。

"出去了要早点回来！"明霞叮嘱，"访竹，你的新娘捧花是不是决定去兰园订？假如你自己没意见，我就帮你做主了！全体用鲜花！你们要用玫瑰呢，还是用混合的？"

访竹征求意见地看飞帆。"你说呢？"她问。"随你。"他很勉强地回答。

怎么了？访竹紧紧地盯他一眼，心有些往下沉，她想起他昨晚的"失踪"，想起那些噩梦，想起他电话里怪怪的声音……她很快回头对母亲说："都用玫瑰吧！和头纱比较相配！我们出去办点事，很快就回来！"

走出大厦，上了飞帆的车，访竹什么话也不问，直到飞帆开动了车子，她才说："说吧！""什么？"飞帆似乎吃了一惊。

"你不是有话要告诉我吗？"访竹说，"昨晚发生了什么事？你一夜没睡，对不对？你的眼圈都发黑了，而且，你喝了酒，你答应过我少喝酒的！"她把手温柔地放在他膝上，轻轻叹气。她眼底有怜爱和纵容："不管发生了什么，我都不会怪你！"他看了她一眼，心里又在抽痛了。她那明眸如水，她那飘逸如仙！他要她！他要她！他要她！他心中在疯狂般地喊，他要她！天知道他多么想要她！他咬紧牙关，一语不发的，带她回到自己的公寓。走进了客厅，飞帆关上房门。立刻，他把访竹拥入怀中，紧紧紧紧地拥着她。他吻住她的唇，那么热烈，那么有力，那么焦渴，那么心痛，那么深情，那么灌注了全心的激情……他给她一个又长又久又狂猛又缠绵的吻。然后，他抬起头来，心痛地看她的眉，她的眼，她如醉的目光，她嫣红的面颊和那润润的嘴唇，嫩嫩的皮肤……哦，他要她！天知道，他多想多想要她！不止要她的青春美丽，还有她那满身的诗情画意！她多美！

老天！她多么多么美丽啊！

她诧异地看他，被他这突然的一吻弄得整个身心都热烘烘的。她深切地探索地去看他的眼睛。怎么？他又变得那样深不可测了！怎么，他脸上的表情多么古怪！他那样热情，又那样悲哀！好像自己已患上绝症，他正吻着一个垂死的爱人似的！她打了个冷战，有阵不祥的预感从她心头掠过，她的脸发白了。"飞帆！"她低低地喊，"飞帆！怎么了？怎么了？告诉我！你病了？"她想起《爱的故事》，女主角害了绝症。不，自己是健康的，那么，是他了？癌症！她浑身冰冷了。

"飞帆，"她的声音颤抖，"你快说吧！如果有最坏的事，你也要让我知道，是不是？飞帆，你不对劲，什么都不对劲了！我知道，有事发生了！说吧！告诉我吧！"

他把她带到沙发前，轻轻地按进沙发里。他就跪在沙发的前面，跪在那儿，他抬头凝望她。

"访竹，"他终于开了口，声音苦涩而痛楚，"我有没有告诉过你，我有多爱你？"她怀疑地沉思着。"是的。"她说，"那天，爸爸不答应我们的婚事，你在街上走了一夜，然后回到我家来，你说，失去我，你宁可死去。"她吸口气，正视他，"飞帆，我要告诉你，听了你这句话，我当时就想，我这一生是再也没有遗憾了！"

他深抽了一口气，把面颊埋进她膝上的裙褶里。她抱住他的头，惊惧使她战栗。她等待着，等待他说话。

半晌，他抬起头来了，他眼底有不顾一切的坚决。

"访竹，"他哑声说，"记得微珊吗？"

她大大一震。"我永远不会忘记这名字的，"她凝视他，"不过，我们不是说好，都不要再提过去。"

"你爸爸有句话说对了！我们每个人的现在，都是由过去堆积起来的，没有人能摆脱过去。"

"什么意思？"她的脸更白了。

"微珊回来了。"他终于说出口来，"她昨天回来的，现在正住在晓芙家里。"她睁大眼睛，一眨也不眨地盯住他。

于是，他开始说微珊的故事，她怎样负气去欧洲，怎样移民至巴西，怎样被巴西丈夫虐待、遗弃、离婚，怎样父母双亡，怎样两度住进精神病院，怎样决心回来……一直说到他和她昨晚的重逢。他说得很零乱，却很详细，只是，重逢后的一幕，他完全略过了。他不提微珊现在的憔悴，不提微珊对他的依赖，不提微珊的哭诉和忏悔……只说了一句话："她现在—— 一无所有了。"

他说完了，她紧盯着他。

有好一会儿，他们互相注视，谁也不说话。他们只是彼此看着彼此，彼此探索着对方灵魂深处的思想，彼此体会着这件事带来的影响——和以后的命运。然后，访竹从沙发里站了起来，毅然甩了一下头，问："她知道我的事吗？"

"不。"他坦白地说,"我不忍心说,她连燕儿的事都不知道。"她点点头,咬了咬嘴唇,眼神古怪。

"好,我们现在去晓芙家,我要见见她!"

"访竹!"他喊,苦恼地,"你最好不要去!"

她走近他,把面颊贴在他胸口,她就这样熨帖着他,半晌,她抬起头来,深切地看他:"你知道,这件事无法瞒我,你也知道,你无法阻止我去见她。放心,飞帆,你既然没有告诉她我是谁,我也不会让你穿帮!但是,我非见她不可!走吧!"

飞帆又和她相对凝眸片刻。然后,点了点头。他知道这无从避免,而访竹——那么深刻地在体会一切啊!他怕自己所有的矛盾、挣扎、痛苦……都在她眼底无从遁形。带她去吧,让这两个女人见面吧……奇怪的命运!奇怪的安排:微珊和访竹——他生命中真正爱着的两个女人!

半小时后,他们已在晓芙的客厅里了。

冠群和晓芙都在家。为了微珊,冠群没有去上班,留在家中陪晓芙照顾她。两个孩子都去了学校。飞帆带着访竹进门,冠群夫妇都吓了一大跳,他们不知道飞帆在做什么,也不知道访竹了解了多少。晓芙本能地就一下子冲到沙发边,似乎想宠护微珊似的。她遮住了微珊,低低地喊了一句:"访竹!"

访竹看着晓芙,眼底是一片坦率的温柔:"我听说你家有客人，我知道微珊的故事，很好奇，你不反对我见见她吧？"晓芙不得已地让开身子，责备而疑问地去看飞帆，可是，飞帆根本没理会她的目光，他正紧紧地注视着他生命中的两个女人——微珊和访竹。访竹一看到微珊的憔悴、消瘦，就吓了一大跳。她定睛看她。邓微珊？当初的风云人物！外文系之花！以美艳伶俐光彩夺目而闻名的邓微珊？如今，在她眼前的，只是徒具形骸的一个女人—— 一个还活着的女人！甚至，连"活着"两个字都有些令人怀疑。她坐在那儿，被动地看着她，眼神空虚迷茫，她枯瘦的手指，神经质地抓着靠垫……一定有某种动物似的本能在提醒她，她在怕访竹！她眼底有恐惧和怀疑，她的身子在往后退缩。

"微珊！"飞帆走了过来，把手压在微珊的肩上，"这是一位朋友，纪访竹，她特意来看你！"

微珊抬眼看飞帆，立刻，她眼底闪耀了，光芒和生命力都回来了，她的眼珠变黑了，亮了，几乎"美丽"了。她瘦削的脸上，浮起一个可怜兮兮的微笑，戒备解除了，她对访竹有些羞涩、有些歉然地点点头，用手抓住自己胸前的衣服，她还穿着那件睡袍。"对不起，"她喃喃地说，"我还没换掉睡衣。"

"没关系。"访竹说，深深地看她，"你不用忌讳我，我和……晓芙是好朋友！"她没提飞帆。

"哦！"微珊笑起来，有些像小孩。她双颊那么瘦，以至于笑起来都是纹路。她友好地看看访竹，似乎不知道该说什么，就回头去看飞帆。她注视飞帆的神情专注、痴情、热烈，有抹嫣红飞上了她的双颊。"飞帆，"她柔柔地说，柔得怯弱，"对不起，我昨晚太累了，不知道怎么就睡着了。"她似乎忘记访竹的存在了，她更加怯弱地伸手去轻碰了飞帆的手一下，有些担心地问，"我昨天说了些什么？你没有生我的气吧？你有吗？"她试着想拉他过来，"你为什么站在后面？你生气了？我说了些傻话，是不是？是不是？"

"没有，你很好。"飞帆急促地说，很快地看了访竹一眼。访竹正全神贯注在微珊身上。

微珊放心地轻轻一叹，回转头来，忽然又发现那紧盯着自己的访竹了。她不安地蠕动了一下身子，对访竹羞涩地笑着，很不好意思地说："对不起。我忘了有客人。你知道——他……他……"她用目光轻扫着飞帆，"他是我的丈夫。"

访竹浑身掠过一阵痉挛。她站起身子，不用再看了，她已经看到她所看的了。她绕过沙发，拉住晓芙的手，她低声说："我们去你卧室谈谈。"

走进卧室，访竹关上门，定定地看着晓芙。

"晓芙，"她说，"微珊的病根本没好。"

"我知道，"晓芙说，困惑地看着访竹，不知道访竹的意思和目的，"她很衰弱，很没信心，她从下飞机，就在和每一个人说对不起。她的话——你不要太放在心上。"她是指"丈夫"那两个字。访竹注视晓芙，面容严肃："你预备就这样收留下微珊吗？"她问，"我听说，她在台湾已经没有亲戚了。你要让她一直住在你家吗？一直睡在你家的沙发上吗？你家不大，又有两个小孩。"

"你……你有更好的建议吗？"晓芙问，直视着访竹，"反正，我决定不再送她进精神病院。她并不疯，如果你听她谈过去的事，你会发现她什么都记得！她只是缺乏精神上的支持力量……如果你指精神病院，访竹，我不忍心！微珊曾经和我情同姐妹，我绝不送她去疯人院！"

"我也不认为她该去精神病院，何况，我认为精神病院根本治不好她！只有一个人能治疗她！解铃还须系铃人。"

"访竹！"晓芙惊喊。"飞帆。"访竹低声说，低而清晰，"她真正需要的医药和一切，只是——顾飞帆和——一个家。"

"访竹！"晓芙再喊。访竹走到床边，在床上坐下来，她低垂着头，望着自己的手指……模糊地想着，婚戒已经订制好了，白金的，上面镶着小小的钻石。她咬紧嘴唇，嘴唇出血了，她用舌头舔去了血迹。"晓芙，"她清楚地说，"拜托你去叫飞帆进来。我有话和他说。"晓芙一语不发地出去了。立刻，飞帆走了进来。

第十章

访竹抬起头来，她定定地、深深地、紧紧地注视着飞帆，飞帆也同样注视着她，两人都不说话。然后，访竹跳起来，一下子投进了他的怀中，他抱紧了她，那么紧，那么紧，生怕一松手她就消失了。他抱紧她，吻她，她也回吻着他，激烈地回吻着他。然后，她低喊着说："飞帆！你认为这是什么时代？你认为我会把属于我的珍宝让给别人吗？你以为我有这么好的风度吗？你以为离开了我，你还能有幸福吗？我又有幸福吗？我打赌，在这一刻，你爱的是我，不是她！你敢说不是吗？你对她是怜惜、责任和歉疚，对我，是——爱情。对不对？我说对了吗？"

他长长吸气："你是对的。"他痛楚地说，"如果我说我爱她超过爱你，那未免太虚伪了。你是对的，你总可以——把我看得一清二楚。""但是,"眼泪滑下了她的面颊,"你这个傻瓜!你居然选择她而放弃了我!""我选择了吗?"他问,心痛如绞,眼眶湿了。

"你选择了!"她说,泪珠盈盈中,那对眸子闪亮如星辰,"当你在你家像生离死别般吻我的时候,你就已经选择了。你不能不这么选择。她无家可归,又病又衰弱——你是她唯一的支柱,是她的——丈夫。"她深呼吸,"尤其,她不是当年的系花了,她也不再年轻。失去了青春和生命力的女人不可能再找到任何归宿。你就是她的归宿,所以,你的责任感,你的见鬼的良心,你的怜悯……把我的地位全占掉了。"

"访竹!"他哑声喊,眼中已蒙上泪影,"让我们好好地再想一想……""有什么可想?"她责问着,"我说了,你离开我之后不会幸福,我离开你之后也不会幸福,我们经过了多少努力和奋斗才争取到婚姻和家庭的承认。现在,请帖发了,日子订了,未来本来已经被我们抓牢了。而她来了!她来了!飞帆,以两个人的幸福去换一个人的幸福,好像是件很荒谬的事,是不是?你这个傻瓜!你居然要牺牲掉我们两个人的幸福去换她一个人的幸福……"她痴痴看他,踮起脚尖,她吻他的面颊,"可是,如果我们如期结婚了,真的会幸福吗?如果我们把她送进精神病院,然后,我们照样结婚,照样去度蜜月,甚至生儿育女……哦,"她抽泣着,"我们真能那么'理智'，你就不是你，我就不是我。我不会爱上你，你也不会爱上我了！"她哭倒在他肩上，"所以，傻瓜，照你的选择去做吧！这并不是不合算的选择，事实上，你已经想过了。我们结婚是三个人的不幸，我们分手，起码还有一个人幸福！去吧！傻瓜！去做你选择的事！"

他紧搂着她，然后用双手捧住她的面颊，他吻她的眼睛、鼻子、嘴巴、面颊……他的泪和她的交织在一起。然后，他又把她的头紧压在胸口："不！"他挣扎着，"我舍不得你！我——做不到！访竹，你为什么不自私一点？你明知道，只要你对我说，你离不开我……"

"胡说！"她嚷着，"我是自私的，自私得不敢用我的婚姻来冒险！而且，我还年轻，我还有青春和美丽……若干年后……我……我……"她努力抑制抽噎，"我可能还会找到幸福！"他惊愕、震动、痛楚而迷茫。

"你怎么可能——把我所有的思想都读出来？"他问，"你怎么把我透视得这么清清楚楚？"

"你就为了这点而爱我的！不是吗？"她问，用力一甩头，把长发甩到脑后去，她用衣袖擦净了泪痕，那充满青春的面庞是光洁而明朗的。她狠狠地瞪着他，咬牙说："不要让我轻视你，顾飞帆，永远不要让我轻视你！外面客厅里有个被命运折磨得快灭亡的女人，你不去救她，没有第二个人能救她！你去吧！把你放给她，我连嫉妒心都没有了！"她仰了仰头，推开他，她大踏步地冲往门口，打开卧室的门，她翩然回顾，唇边涌现一个无比无比美丽的笑容，她几乎是洒脱地说："再见！飞帆！"她冲进客厅，微珊还蜷缩在沙发中啃指甲，痴痴呆呆地等待着飞帆。冠群夫妇不安地在室内徘徊。她一直掠过他们，像阵旋风似的卷往大门口，冠群夫妇愕然地送到门口来，访竹在门外忽然停了停，回头说："冠群、晓芙，你们要转告飞帆，他和微珊现在并不是夫妻，除非他们再结一次婚！哈！飞帆命中注定，是要结四次婚的！我会送一件有玫瑰花环的婚纱和礼服来，九月十五，听说是好日子！"

她再甩甩头，长发飘飞。她穿了件白色丝质洋装，衣袂翩然。她眼睛明亮，皮肤皎洁，整个人焕发如一片发亮的云，她转身奔跑，飘然地消失在走廊里了。

尾声

两年的岁月无声无息地过去了。

两年，每个人的变化都很多，纪家的夜晚不再笑闹喧哗。纪访萍在大学毕业后嫁给了亚沛，能有个在婚前不出问题的婚姻，纪醉山夫妇已经谢天谢地。他们夫妇永远忘不掉访竹那日兴冲冲和未婚夫出去，回来时却简单明了地用一句话，对纪家像投下个炸弹般爆炸开来：

"爸爸，妈妈，不要准备了，没有婚礼了！"

丢下这炸弹后，她就那样深沉地把自己埋在沙发深处，急得全家暴跳如雷，她却静悄悄地不言不语，直到醉山要拨电话给冠群夫妇找飞帆，她才跳起身来压住听筒，用那么轻柔那么温暖又那么真挚而凄凉的声音说：

"不要打电话去，求你们！他已经够痛苦了，他面对的问题、折磨和困难比我多得多！求你们，别再问了！

不是他取消了这婚姻，是我！爸爸妈妈，你们本来也不赞成这婚姻的，是不是？何况，结婚并不一定是喜剧的结果，分手也不一定是悲剧的开始。我很快乐……"她掉下泪来，"只要你们不追究，我很快乐！"醉山夫妇被她弄得手足无措而又惊诧到了极点。最后，还是亚沛跑来，揭穿了所有的谜底——他从他哥哥嫂嫂那儿听到了最完整的故事，也见到了这故事的另一主角——微珊。醉山夫妇都不说话了。

人生，有的是奇奇怪怪的故事，为什么，偏偏要轮到纪家来承受？偏偏要轮到像访竹这样纤柔的女孩来承受？纤柔？纪醉山事后想了很久，访竹真像她外表那样柔弱吗？不！能在短短数小时中，拔慧剑，斩情丝者，世上真有几人？不，访竹是坚强的，访竹都能坚强如此，身为父母者还能不支持她吗？于是，那一段困难、挣扎的日子……终于成为过去了。同时，大家都有了默契，包括亚沛在内，他们对飞帆的一切开始只字不提，好像这个人在纪家从未存在过，在世界上也从未存在过。连他的发展，大家也不过问，访竹在第二天就把那有玫瑰花环的婚纱和礼服，派亚沛送到晓芙家去了。两年了，对访竹来说，她觉得自己像经过了一场生死般的修炼，她成熟了。那个为哈安璐掉眼泪的小女孩，那个多愁善感，动不动就流泪的小女孩已消失了。取而代之的，是一个坚强、稳定、独立的女人。不过，在她内心深处，依然有那么柔软的一部分，深藏着，深埋着，不为人见，不为人知。但，两年来，除了成为她妹夫的亚沛，纪家和所有飞帆的朋友都不来往了，包括晓芙夫妇。人的一生，朋友总在一个时期一个时期地改变着。访萍婚后和亚沛组织了小家庭，姐妹间依然来往频繁，那默契始终存在——她们绝口不提顾飞帆，甚至，不提冠群夫妇。

访竹成了××报的女记者，两年内，她已是报社的红人，深入各阶层，永远能采访到别人采访不到的新闻，她努力、肯干、忙碌，下笔迅速，而每次她采访到的新闻总比别人写得更有人情味。她奔波在人与人之间，有时，她也会激动，为一个残疾孩子，一个放弃生命的年轻人，或一个不可挽救的悲剧……她会激动得跳脚，涨红了脸喊："不该发生的！不该发生的！所有的悲剧，都可以在来得及的时候，预先制止！"

她的上司——采访主任刘楠，曾经笑着说："纪访竹，她是个矛盾综合体！她的坚强和脆弱，常常会在一刹那间同时爆发，每当这时候，她的眼睛就会闪出一种奇特的光来——那是她最美丽的时候！"

报社同仁，常等待一个故事的开始——或结果，大家都认为刘楠对访竹的欣赏已远远超出了上司和下属的距离。可是，访竹莫测高深，刘楠深藏不露，谁也不知道他们未来的发展。最主要的，报社盛传过，访竹以前有"礼堂逃婚"的记录，据说，有某实业家为她大大倾倒，已经发了请帖，走上了结婚礼堂，访竹却临阵脱逃了。像访竹这种女人，好像什么事都做得出来。大家传说归传说，却没有人敢去正面证实它。只有一次，刘楠提了提，访竹却笑了，笑得美丽而又若有所思，她没回答，只说了句她很爱说的话："所有的悲剧，都可以在来得及的时候，预先制止！问题只在于大部分人不去制止。"

"那么，"刘楠问，"如果确有逃婚的故事，不算是悲剧了？对你或对他？"她瞅着他，"你想呢？"她记者化地反问，然后跑走了。

纪访竹是个闪亮的发光体，她永远让人眩惑，也永远让人看不透。世界上所有发光的东西，都会吸引人注意，然后闪耀得让你看不清，这就是纪访竹。

这天午后，经济部有个重要的酒会。刘楠和访竹代表报社出席。这酒会真盛大极了，几乎所有政界、商业界的人都参加了，酒会中衣香鬓影，人群拥挤，刘楠必须紧盯着访竹，才不会被一拨一拨的人群冲散。与会的贵宾几乎都带着夫人参加，所以，贵妇们像服装竞赛似的穿得一个赛一个地华丽，相识的人彼此聚在一块儿聊天。穿着制服的侍者穿梭于宾客之间，递给每人鸡尾酒。

访竹和认识的人打着招呼，几乎每家报社都有代表参加。拿着一杯酒，她好几次都差一点被人群挤得把酒洒掉。小心翼翼地，她移向窗边，想找个空隙站一站，心想，这种酒会不参加也没人知道，早晓得这么挤，她就不来了。想着走着，忽然间，窗前有个女宾吸引了她的注意。

那是个雍容华贵的女人，一头乌黑卷曲的浓发，垂在耳际额前。白皙的皮肤，明亮的眼睛，小小的翘鼻子和一张红润小巧的嘴。她穿了件露肩的白礼服，披了件纯白长毛的狐狸皮披肩，身材修长，肥瘦适中，微露的肩头是丰润的，小小的腰肢不盈一握。她在笑，笑容美好、妩媚、温柔而幸福……很少看到如此具有吸引力的女人！很少看到如此"美丽"的女人！访竹不大对女人给予"美丽"两个字的评语，因为她认为真正配得上"美丽"两个字的人太少。它不止包括容貌，还包括了风度、仪表、谈吐和内涵。这女人，她正和身畔的一位男士谈着话，那盈盈浅笑，那浑身散发的一种典雅的高贵，自然而毫不做作的温柔。是的，访竹吸了口气，她真"美丽"！虽然她不是个很年轻的女人，可却比年轻女人更有女人味！访竹不知不觉地走向了这女人。

那女人正好回过头来，看到访竹了。她似乎怔了怔，对访竹温和地微笑着，她在回忆，可是，显然她记不起在什么地方见过访竹了。"你好！"访竹对她点着头，用手拍拍脑袋，"假若我没记错，你是顾太太吧？顾飞帆的夫人？"

"是的。"顾太太——微珊，她笑了，眼底流动着光华，唇边绽放着欢愉，"我见过你……可能在上次外交部的宴会上？"

"可能。"访竹说，"我是××报的记者，什么酒宴都会轧上一脚，我姓纪。""纪小姐，"微珊笑得高贵，笑得真诚，"很抱歉，我总是记不住别人的姓名，但是，见过面我会记得的。一见你我就觉得挺面熟的。""不要抱歉，"访竹说，"像您——顾太太，我们见过一次就不会忘记，因为您实在太……漂亮了。我常常跑新闻，很少看到像您这样——"她思索着句子，沉思地凝视微珊，"沉浸在幸福里的女人！噢！"她笑了。"如果我对您做个专访，这会是个好标题。您很幸福吧？顾太太？"她率直地问。

微珊侧头沉思，她深沉的样子可爱极了。然后，她正视访竹，很坦白，很诚恳，很无保留地说："我确实很幸福！"

"微珊！"有个男人在喊，端着酒杯从人群中挤过来，一路和人打招呼。那熟悉的声音，熟悉的身材……访竹想逃了，来不及了，她和飞帆面对面了。

飞帆一震，似乎和什么人撞了一下，酒泼了出来，溅得一身都是，微珊慌忙走过去，用一条滚着小花边的手帕帮他轻轻擦拭着。飞帆瞪视着访竹，访竹对他勉强地挤出了一个微笑。"我想，这就是顾先生吧！"她说，"我是××报的记者，我正和您夫人在讨论——什么叫幸福。"

微珊发现了她的疏忽，及时转过身来弥补，她介绍着面前的两个人："飞帆，这位是纪小姐。"

"纪——小姐，"飞帆从喉咙中逼出了称呼，伸出手去，"我——打赌我们见过！"

她被动地去和他握手，他握住了她的手，立即紧握了一下，那么紧，紧得她的心都跳动了一下。他放开她，目光无法从她脸上移开。微珊站在一边笑，幸福地笑，解释说："我们和纪小姐在外交部的酒会上见过。"

"哦？外交部？"飞帆咕哝着，眼底，在闪耀着两簇火焰，危险的火焰，泄露秘密的火焰。

"顾先生，你打断我们的谈话了！"访竹飞快地说，看了微珊一眼，"我刚刚正和您夫人说，我很少看到像她这样沉浸在幸福里的女人。幸福得——让人嫉妒！"她笑了，对飞帆再深切地看了一眼，"能让女人幸福的男人，这世界上已经找不到几个了。""能让男人永怀不忘的女人，这世界上也找不到几个了！"飞帆说，盯着她。她把杯子送到唇边，饮了一口酒，从杯缘上，她看过去，飞帆眼底的火焰依然明亮。她再喝了一口酒，看到微珊默默整理飞帆的领带……刘楠终于好不容易从人群中挤到访竹身边来了。

"访竹！"他叫，擦着额上的汗，"我看我们可以先走一步了。"访竹回头看到刘楠，她亲热地挽住了刘楠的胳膊。回过头来，她很快地说了句："我们还要去别的地方，先走一步！顾——先生，很高兴认识你们夫妇！很高兴看到你们——这么幸福的一对！"

很快的，她和刘楠离开了酒会。一直走到大街上，她还觉得，飞帆的目光在后面烧灼般地盯着她。

"刚刚那个人，是纺织界的顾飞帆吗？"刘楠问。

"是。"

"哦，你该去采访他！他是个传奇人物！"

"是吗？"访竹不动声色地。

"他的故事才多呢！他在非洲打过一只犀牛！"

"哦，非洲吗？犀牛吗？"她惊叹着。

"是的！最绝的，听说他结过七次婚！"

"七次吗？"她挑高眉毛，更惊叹地，"不太多吗？刚刚那位是第七任吗？"

"是第七任。"

"哦？"

"这个人把结婚当游戏一样，结了离，离了又结，他现在这个太太，听说还是抢来的呢！"

"抢来的？"她更惊叹了，"怎么抢？"

"这位太太原来的丈夫是个葡萄牙人。"

"哦？""他硬把别人的太太抢来了！还是外国人的太太！这种人的故事，写出来一定很好看。有机会，你该去采访一下。不过，"他笑了笑，"读者不会喜欢这种故事！"

"取信的能力太低了！"她耸耸肩，"没有人会相信这故事——包括我在内！"她忽然在街边站住了，旁边有一家咖啡厅，她回头望着那咖啡厅。刘楠跟着她停下来，望着那咖啡厅——斜阳谷。多奇怪的名字！"你想喝杯咖啡？我请你！"

"我只想做一件事！"她走进斜阳谷，别来无恙！电动玩具的声音啾啾、嗯嗯嗯、呱呱呱地响着。她径直走到一台"小蜜蜂"前面，丢下了一个铜板，她开始发弹射击：啾啾啾啾啾……小蜜蜂一排排消灭，黄老头开始俯冲，枪林弹雨中，轰然一响，她的第一枚火箭被消灭了，第二枚又来了……一局既终，她只拿了一万两千多分。她和刘楠走出了斜阳谷。

"我不知道你还玩电动玩具，这是小孩玩的！"

"是的。"她笑着，"我还是小孩的时候，打过七万分！现在，只能打一万两千分了。""七万分？"刘楠不相信地，"你夸大其词！记者的通病，就是夸大！"访竹笑笑，没说话。他们向前走去。她抬起头来，这正是黄昏时刻，一轮落日，带着万丈光芒的彩霞，烧红了天，烧红了地，烧红了台北市的高楼大厦，正在那儿缓缓沉落。她停了停，蓦然回头对刘楠说："我想一个人走一走，再见！"

刘楠站住了，他知道跟过去会自讨没趣，他知道这个女孩——矛盾综合体。她每次从人群中退出，就会渴望着孤独。他站在路边，神往地望着她。

访竹走向那轮落日，整个人都浴在斜阳余晖中。她昂着头，步履稳定，向前一步步地走去，心里在低唱着一支歌：

　　　　问斜阳　你既已升起　为何沉落

　　　　问斜阳　你看过多少悲欢离合

　　　　问斜阳　你为谁发光　为谁隐没

　　　　问斜阳　你灿烂明亮　为何短促

　　　　问斜阳　问斜阳　问斜阳

　　　　你能否停驻

　　　　让光芒伴我孤独

　　　　问斜阳　问斜阳　问斜阳

　　　　你能否停驻

　　　　让光芒伴我孤独

　　　　问斜阳　你由东而西　为谁忙碌

　　　　问斜阳　你朝升暮落　为谁匆促

　　　　问斜阳　你自来自去　可曾留恋

　　　　问斜阳　你闪亮如此　谁能抓住

　　　　问斜阳　问斜阳　问斜阳

　　　　你能否停驻

　　　　让光芒伴我孤独

　　　　问斜阳　问斜阳　问斜阳

你能否停驻

让光芒伴我孤独

问斜阳

问斜阳

　　她继续一步一步往前走，眼里有些湿漉漉的。但，她的唇边浮起了一丝微笑。她并不悲哀，她想。她早就告别了多愁善感的时代。孤独！或者是的！但是孤独并不代表悲哀。她走着，走着，走着……斜阳把她的影子，瘦瘦长长地投射在红砖路上。

　　问斜阳。她凝视着斜阳：斜阳无语，斜阳无语。斜阳无语！

——全书完——

一九八〇年十二月九日初稿完稿于台北可园
一九八一年二月二十三日黄昏修正于台北可园

（京权）图字：01-2025-0195

图书在版编目（CIP）数据

问斜阳 / 琼瑶著 . -- 北京：作家出版社，2025.1.
（琼瑶作品大全集）. -- ISBN 978-7-5212-3236-3

Ⅰ. Ⅰ247.5

中国国家版本馆 CIP 数据核字第 2025KZ8329 号

问斜阳（琼瑶作品大全集）

作　　者：琼　瑶
责任编辑：陈亚利
装帧设计：棱角视觉　纸方程·于文妍
责任印制：李大庆　金志宏
出版发行：作家出版社有限公司
社　　址：北京农展馆南里 10 号　　邮　　编：100125
电话传真：86-10-65067186（发行中心）
　　　　　86-10-65004079（总编室）
E-mail: zuojia@zuojia.net.cn
http://www.zuojiachubanshe.com
印　　刷：三河市龙大印装有限公司
成品尺寸：142×210
字　　数：103 千
印　　张：5.625
版　　次：2025 年 1 月第 1 版
印　　次：2025 年 1 月第 1 次印刷
ISBN 978-7-5212-3236-3
定　　价：2754.00 元（全 71 册）

品　琼　瑶　经　典

忆　匆　匆　那　年

琼瑶作品大全集